遥かな旅路

山本克彦

東京図書出版

遥かな旅路 ❖ 目次

第一章　県庁改革

一

なだらかな丘と碧く澄んだ山並みが続く、湧き水と山海の幸が美味しい、北国のとある県、北奥県はそのようなところであった。

二〇〇五年九月のある日、三時間余り前から、県庁八階の会議室では、庁内各部局主管課等からなる庁内行財政改革調整会議が続いていた。

有識者審議会からの提言の素案について、県の意見を求められていたが、予算や人事管理などの面から実施が難しいとか、敢えて実施する意味がわからない、効果が期待できないとか、できない理由や言い訳の類いの発言、かといって審議会の意向には逆らえない等々の発言が、延々と続いていた。

主幹の矢吹は、忍耐の限界でもあるかのように言い放った。

「そもそもこの会議のテーマは、予算規模七千億円の本県が、二倍を超える県債一兆五千億円を抱える現状を、何とかして克服し、将来の世代が真に活力ある地域を創っていけるよう、我々現場の人間が自らの頭で考え、布石を打っていくことにあるのだろう。

有識者審議会の提言の実施が難しいとか、云々するだけでは、我々職員が、給料を貰っている県民に対して申し訳ない。

今ここで、何をしなければならないのか、何ができるのか、我々職員が、行政マンとして主体的に考え議論し、建設的なアイディアを出し合い、その結果を現場の意見としてまとめ上げ、審議会に上げていくこと、そのことが重要ではないか。

審議会の委員の意向や知事の顔色ではないだろう。

我々が県職員として、問題を先送りせず、当事者意識を持って、後世の世代に恥じない仕事、行動を、今ここで責任を持ってするかどうかではないか」

座長の井山が、発言した。

「まあ、いいだろう。

矢吹君の言い分は分かった。

本日はこの辺にして、この議題については、もっと原点に返って、次回の会議で再度検討することにしようと思う。

「それでは、本日はこれで閉会とする」

「矢吹のやつ、よく言うよな。

自分を何だと思っているんだ。

我々は、一公務員なんだぜ、一体何ができると言うんだ、まったく」

会議出席者の中には、吐き捨てるようにそう言いながら、出て行く人もいた。

「矢吹君」井山が呼び止めた。

「一般的に言って、我々地方公務員の役割は、首長や審議会の意見を実施する機関という考え方がある。

しかし、君の考え方は、今県庁に必要とされていると思うよ。

頑張ってくれたまえ」

そう言って井山は、矢吹の肩をたたきながら立ち去って行った。

矢吹は、かつてチームを組んだことのある井山の言葉がうれしかったが、行財政改革担当主幹として、少しも変わっていかない県庁の旧態依然たる体質、意識に苛立っていた。

二十一世紀を迎えて数年、世界はグローバル化が進展する中で、未だバブル崩壊からの脱却に喘いでいた。

北奥県も、日本の他の自治体同様、財政再建が急務となっていたが、未だ危機意識が浸透しておらず、問題が先送りされようとしていたのである。

矢吹は、どちらかというと目立たない風貌だが、忍耐強く芯が強い、なかなか安易には妥協しない方と言われていた。

何年か前に財団法人に出向し、そこでいろんな人と仕事をするうちに、役所的体質に染まった自分自身に違和感を感じ、悩んだことがあった。

また、その頃、二十数年ぶりに学生時代の友人佐藤と再会したが、彼から「矢吹も随分、役人どっぷりになったね」と言われ、ショックを受けたことがあった。

以来、矢吹は、普通の人の感覚・視点を大切にし、既成概念にとらわれず、周りに安易に合わせず、自分の信念やスタイルを大事にし、仕事をすることを心がけてきた。

そして、画一的な県庁の雰囲気が、少しでも多様性に富んだものとなり、個性豊かで新しい発想のできる人間が、数多く出て来てほしいと願い、自らはノーネクタイで通していた。

行政経営室に移り半年近くになるが、審議会の意見の取りまとめ、庁内関係各部局各課の意見の調整にと、忙しい日々を送っていた。

県庁という組織にいながら、全体の奉仕者として、組織に流されず、時代に流されず、如何に身を処すべきか、古くて新しい命題に、自らの公務員人生をかけていきたいと考えていた。

二十年選手となった今、矢吹にはまだ志と使命感があった。

それは、自分が県庁という組織で生きてきた証として、政治的な妥協の産物でもない、教条主義でもない、真に日本の地方の生活者が、十分な仕事や福祉サービスが得られ、活力に満ち、安全・安心で、多様な生活を享受できる礎となる、行財政システムを確立していくことであった。

二

その週の週末、矢吹は一人で山に入った。

北国の初秋の澄んだ空気が、遥か彼方の山並みまで、シルエットのように浮かび上がらせていた。

矢吹は、落葉松と白樺の間をぬって歩いて、冷涼な空気を吸いながら、遥か彼方のなだらかな丘や、黄金色に染まった山々を眺めることが、まるで遺伝子に組み込まれているかのように好きだった。

縄文人の血が濃いと、山菜採りが好きだと言うようだが、あまり関心がないところをみると、遠い昔沿海州辺りから、海を渡ってやって来た先祖の血の方が濃いのかもしれないな、と思ったりもしていた。

矢吹は、何年か前に里山の奥に雑木林を買い、仕事の合間に雑木を切り、自力で山小屋を建てていた。

そこは、電気も水道も通っておらず、良く言えば、自然がとても身近に感じられる、隠れ家といったところだった。

山小屋に着いた矢吹は、その晩ストーブで燃やす枯れ枝を集め始めた。

落ち葉の合間からは、様々なキノコが顔を出していた。

秋の山の短い陽に追い立てられるように、矢吹はランプに灯をともし、ストーブで煮炊きを始めた。

外では、虫の音や鳥の鳴き声が賑やかで、小屋の壁板の隙間から侵入してくる、名も知れない虫も多くいた。

夜のとばりが下りた山の中で、時間をかけてゆっくり食事をしていると、だんだんと考えがまとまってくるのであった。

矢吹は思った……。

今県庁に必要なこと、それは第一に職員の意識改革だと。

そこからまず、始めていこうと。

そして、どう意識を変えていかなければならないか、一つ一つ考えていこうと。

静かな夜が更けていく中、外で物音がし耳をすますと、動物の足音らしきものが聞こえていた。


矢吹が、山から帰った週の月曜の朝、財政課の若松から電話があった。

「矢吹、行財政改革の方は、順調に進んでいるか？」

「いろいろと苦戦しているよ……」

「そうか……。

ところで今週の金曜日、仲間内の飲み会があるんだが、参戦しないか？

いろいろと、意識の高い連中の集まりなので、面白いと思うよ」

「ああ、わかった、参戦するよ。

とても楽しみだね」

若松は、矢吹と県庁の同期で、食通と言ってよく、飲み会などに誘ってくれたりしていた。

　また、二人は、これまでいろんな場面で刺激し合い、成長してきた仲と言ってよかった。

三

　若松の指定した場所は、商店街に面していたが、あまり目立たない構えのエスニック系の店だった。

　女性が半数近くの七人ほどの集まりだった。

「今日は、矢吹君が初めての参加ですが、皆さんザックバランにいきましょう。それでは、乾杯！」

　あまり型にはまらず、率直な意見や感想を言い合う、そういった感じの飲み会であった。

　飲み会が始まって小一時間、矢吹はおもむろに訊ねた。

「画家のゴーギャンの絵のテーマに、我々はどこから来て、何者で、どこへ行こうとしているのか、というのがあるけれど、この地域の人々の、言わば、アイデンティティーといったものを、どう考えますか？」

　矢吹の発言に、皆それぞれ応え始めた。

「この辺り、北日本の人々については、よく縄文とか蝦夷《えみし》とかで語られるけれど、もっと多くのいろんな人が、北の方から来ていたと思う」

「確かに、日本列島が朝鮮半島から離れてから数千年間、北の方はまだ大陸とつながっていたともいうし、例えば二千年前、沿海州から南満州・北朝鮮にかけて、扶余や高句麗という国があったという。

そこから南の方、つまりこの北日本辺りに、多くの人が流れて来ても不思議ではないね」

「二、三万年あたり前の氷河期に、アメリカ方面に向かったインディアンの祖先と別れたホモ・サピエンスの一群が、北海道まで陸続きだった大陸北東部から、北周りで日本に入ってきて、北・東北・関東日本の縄文人の先祖に、なっていったようだしね。

また、三千年ぐらい前から、戦乱の中国や朝鮮半島から、日本に入って来た渡来系の弥生人が、稲作を始めて人口が急激に増えて、遺伝的には現代日本人の中枢を占めているようだが、日本の地方の人々は、縄文人の血を受け継ぎ、独自の言葉を話してきてる場合が多いようだね」

「アイヌについては、遺伝子や言語などから、千五、六百年前にアムール川沿岸やカムチャッカ辺りから入ってきた、オホーツク文化人の血を濃く引いている、ということらしいね。

縄文人が先住していたことを考えれば、北方からの渡来人ということになるのかな。

真実が、知りたいですね……」

「アイヌ語のチャペは猫、マキリは包丁、ケリは靴、バッケはフキノトウ、ベゴは牛など、この辺りの言葉と共通する単語もあるね。

縄文あたりから話されていた言葉が、両方に残っているのでしょうね」

「七世紀後半に、阿倍比羅夫がこの辺りに来るまで、この地域に関する記録はほとんどないですね。

八世紀から十世紀に、沿海州辺りに渤海という国があって、大和朝廷に使節団を日本の沿岸回りで三十数回派遣したが、そのうち何回となく、蝦夷に襲われたり、秋田や能代、津軽の浜に漂着したと言われている。

その末裔の遺伝子が、秋田美人をはじめ、私たちに多く伝わっているかもしれないですね」

「そうだね……。

小学校の同級生に久しぶりに会ったりすると、朝鮮あたりの人と似ている顔になっているね。

千年以上前に、言葉の通じない人たちが日本海側の浜に漂着し、ツボケと呼ばれたらしいが、その後同化し、このツボケこの、この馬鹿者この、という言葉だけが、今でも残っているということだしね」

「ところで、我々の御先祖様、千年前に何人いたかと思い、単純に数学的に計算してみたが、二十五年一世代として、千年で四十世代、親二人で二の四十乗、一兆人にもなってしまう。

千年も経つと、一つの地域の人々は、ほとんど皆、親戚同士になってしまうと思うね……」

「ホモ・サピエンスが、約二十万年前にアフリカで誕生したというから、それから八千とか、一万世代ほどの代替わりを、重ねてきているんでしょうね……。

約六万年前に、アフリカを出た我々の御先祖様が、千数百世代ほど経て、この地に辿り着き、それからまた、千世代ほど代替わりを重ね、今我々がこうしてここにいるんだね」

「大変興味深く、我々のルーツを考えるにあたって、とても役に立つお話ばかりですね。皆さん、ところで、今の県庁について、何が問題だと思いますか。

何が必要だと思いますか？」

「今の県庁の仕事の進め方だが、上意下達が多すぎる。下から良い提案が上がっていくということが、少なすぎる」

「いろんな施策が、県民のガス抜き目的のために、アリバイ作りのためにやられているね」

「まだまだ女性の能力が、発揮されていないと思いますね。女性に対する古い観念が根強く残っていて、能力が認められる機会が少なすぎると思う」

「地方分権・地方主権が言われて久しいが、国のキャリアが大した実績もないのに、若くして県の課長や部長職に就くような仕組みは、組織力や職員のモチベーションを考えれば、そろそろやめるべきだね」

「県の人事だが、仲間内やコネ・繋がり、一方的な偏見で決まっていることが多すぎないか。

人事評価制度の否定に等しいと思うよ」

「仲間意識、美しく居心地が良くも、組織の中では弊害の多きかなだね。商工一家、農林族、人事・財政課閥など、仲間内以外の論理、異質なもの、新しきもの、能力のあるものなどを、排除してきていると思うね」

「かつての藩士の末裔の多くが、今の公務員になっているのではないか、と思うことさえあるね。

現代人の遺伝子に組み込まれているようなものだが、人の上に立ちたい、出世したい、としか考えていない人間が多すぎる。

お互いに競走し合って、結果として、良い仕事につながることもあるかも知れないが、多くは自分たちの利益を守ることに汲々としている」

「公務員の仕事は、全体の奉仕者として、国民の利益・福祉を如何に向上させ、公共サービスを最大限に提供していくかにあるのであり、そのために給料を貰っている。

最後まで、その志・使命を忘れてはならないと思いますね」

「この間、総務部長に逆らって、生きていけると思うな、おまんまの食い上げだ、と言ってた人がいるが、組織も権限を持つと、ヤクザな組織になるらしいね」

「最近、人事課その手合いの連中は、レベルが低過ぎないか。

取り巻き連中が行政を牛耳り、能力がないのにその筋の人ということで、要職に就いている人が多すぎる。

納税者にとって、県民にとって、何とも不利益な状況が続いている、としか言いようがないね」

県庁を良くしたいという思いと、日頃の不満も重なり、議論は尽きず益々白熱し、参加者たちは、いつにも増して酔いが回っていったのであった……。

四

数日経ったある日の午後、兵藤副知事秘書から行政経営室に電話が入った。行財政改革審議会の議論の進捗状況について、報告してほしいとのことだった。室長の加藤と担当の矢吹が、関係資料を揃えて副知事室に向かった。

「行財政改革審議会から素案が出たようだが、どのようになっているのか」

副知事室に入るなり、兵藤副知事から質問が飛んできた。

加藤室長が、資料をもとに説明を始めた。

「今回、日本の長引く不況の中、本県の地域経済の停滞や人口減少などに伴う、厳しい財政状況に対して、有識者審議会から、次の四点の提言の素案の提示があり、県当局の意見が欲しいということでした。

ポイントを申し上げますと、

一点目は、累積財政赤字削減のための数値目標の設定です。

現在の県歳出予算の３％程度を県債残高元本の実質償還に充て、概ね三十年かけて現在の県債残高を半分以下、県の年間財政規模以下にするというものです。

二点目は、その実施のため、事務事業のスクラップ・アンド・ビルドを徹底すること。

三点目、人員管理について、定数削減・給与削減計画を策定し、確実に実行すること。

四点目、組織体制について、地域県民局の廃止を含め、可能なかぎり簡素で効率の良いものに変えていくこと、というものです。

これら四点の素案について、県の意見が欲しいということでありましたので、先般、庁内行財政改革調整会議を開いて、意見を聞きましたが、本県の今後を左右する大きな問題だけに、なかなか調整がつかず、方向性が見えてこないというところでした」

主幹の矢吹が、付け加えた。

「第一点目の累積財政赤字削減のための数値目標の設定をはじめ、全体的に財政健全化の観点、後々の世代に対する財政負担の軽減などの点からすれば、評価できるものと考えます。

ただ、これらを実施していくには、我々県職員の意識改革、それに基づく県庁改革を進めていくことが、今必要と考えます」

矢吹の発言を遮るように、副知事が言った。

「赤字削減のための数値目標の設定については、どうかと思うな。歳出予算の３％と言えば、莫大な金額ではないか。そもそも県の借金は、別な見方をすれば、県民・民間の資産でもある。政権が替われば、政策も変わる。何も目くじらを立てて、削減目標を決め、いろんなところに、犠牲を強いることもなかろう」

副知事に報告説明して、行政経営室に戻ったら、副知事秘書から、審議会委員長の連絡先を訊ねる電話があった、ということだった。

五

それから数日後、第二回目の庁内行財政改革調整会議が開かれた。

前回の会議の余韻が、まだ残っているかのように、しばらく沈黙が続いていた。

矢吹は、発言した。

「累積した財政赤字について、経済の低成長時代においては、予算における負担割合は軽減せず、今後そのまま、負担を重く強いていくことになるものです。

　赤字削減のための数値目標の設定については、何もせず、孫、ひ孫の世代を超えて、未来永劫に財政負担を重く強いていくのをくい止め、少なくとも今の世代又は次の世代あたりで、この問題の解決が図られる可能性があるものと考えます。

　ただ、県の意見としては、これらを実行するには、県職員の意識改革、県庁全体の改革が必要である旨、付け加えるべきであると考えます」

　人事課副参事の蝦川が、発言した。

「今回の素案について、私としては、そもそも数値目標の設定には反対です。

　それは、あまりにも犠牲を強いるものだと思うからです。

　また、それが何故、県庁改革の話まで行くのかわからない。

　本県は河村知事のもと、ここ数年間行政上の大過もなく、組織として安定的に運営されてきていると言っていい。

　個々の職員が、組織人として能力を高めていくことは重要だが、個人プレーを推奨するような雰囲気づくりは、組織にとっては大きなマイナス要因になりかねない。

　チームワーク、統制が乱れるような職場づくりには反対、という意見です」

矢吹は、反論した。

「学生時代にスポーツをやった経験から、チームワークでできることと、できないことがあると思う。

選手一人ひとりの技能、実力が優れていないとどうにもできないこと、チームワークだけでは勝てないことが、往々にしてあるのではないか。

職員の意識改革、県庁改革を進めていくことは、まさに、個々の職員の実力アップ、創造性や能力向上につながっていくものと考えています」

財政課主幹の畑山が、発言を求めた。

「累積財政赤字削減の数値目標の設定については、確かに三十年後県債元本が半分になっていれば、利息負担が半分になり、それ以後の財政支出の自由度が増し、県民の税負担の軽減にもつながっていくだろうと思う。

ただ、そこに至るまでの当面の間、県は緊縮財政を強いられ、県民サービス低下など多大な影響が出てくるものと思う。

数値目標の設定の如何については、上の方の判断、政策判断に関わってくることだと思う」

企画調整課主幹の菊川が、発言した。

「数値目標の設定については、私も畑山主幹の意見に同感です。庁内調整会議としては、数値目標の設定は、県の政策判断に関わること、との意見を附して、返していいのではないかと思う」
農政課副参事の大野の発言
「確かに、提言の中に削減の数値目標が盛り込まれると、県としてはやらざるを得なくなる、ということもある。
できないことの理屈付けが、難しくなると思う」

矢吹は、三たび発言を求めた。

「言うまでもなく、我々地方公務員の仕事は、公益の増進を至上命題としている。長期的な視点に立ち、あらゆる観点から考察するとともに、今ここで業務を行っている当事者として、今何をしなければならないか、常に考え行動していかなければならないと思う。

それが、国民・県民の税金から給料をもらっている我々の、今のこの社会における役割ではないか。

そのことだけは、忘れないでほしい」

矢吹の正論すぎる発言に、会議参加者の中からはざわめきが起きていた。

その後も、それぞれの部局の立場を代弁する意見、中には矢吹に同調する意見などもあり、しばらく会議は続いた。

座長の井山が、発言した。

「だいぶいろんな意見が出たと思う。

当調整会議としてもできれば意見を集約して、有識者審議会に返す必要がある。

そこで、次回の会議、最後の会議になると思うが、それまで事務局でたたき台を作って、会議前までに皆さんにお届けする、ということで如何でしょうか？……」

「……、異議なし」

「それでは、これで閉会とします」

会議が終了すると、座長の井山が、事務局の方に来て言った。

「会議のたたき台をまとめるのは、大変だと思うが、よろしく頼むね」

「ええ、やってみます」

矢吹は、そう応えるのだった。

六

十月に入ったある日、衝撃的なニュースが飛び込んできた。

隣の北海県の豊泉市が、財政破綻したということだった。

豊泉市は、かつて炭鉱で栄えた地域の中心都市だったが、炭鉱閉鎖後人口流出が続き、観光やレジャー施設建設で活路を見い出そうとして、放漫財政が続いた結果、財政破綻したということだった。

豊泉市の人口は、最盛期には十万人以上であったが、現在は一万人ほどに減少し、財政規模四十億円程度で、三百五十億円以上の負債を抱えての財政破綻であった。

その日、財政課の若松から、矢吹に電話があった。

「豊泉市の財政破綻、大変なことになったね。

本県の行財政改革も、喫緊の課題となった感があるね……。

今後の健闘を、祈っているよ」

「いろいろと気にかけてくれて、ありがとう。

他山の石と、しないとね……。

がんばります」

前回の会議から一週間後、矢吹は、有識者審議会からの提言の素案に対する、庁内行財政改革調整会議の意見のたたき台として、次のような案をまとめた。

その一、累積財政赤字削減のための数値目標の設定について

本県の予算規模は七千億円程度だが、現在その二倍を超える県債一兆五千億円を抱えている。その状況を何とかして克服し、将来の世代が真に活力ある地域を創っていけるよう、我々は今当事者意識をもって、主体的にこの問題に対処していかなければならない。

従って、現在の県歳出予算の３％程度を県債残高元本の実質償還に充て、概ね三十年かけて現在の県債残高を半分以下、県の年間財政規模以下にするということは、その方向に沿うものと考える。

また、その二、その実施のため、事務事業のスクラップ・アンド・ビルドを徹底すること、その三、人員管理について、定数削減・給与削減計画を策定し、確実に実行すること、その四、組織体制について、地域県民局の廃止を含め、可能なかぎり簡素で効率の良いものに変えていくこと、については、財政健全化の観点、後々の世代の財政負担の軽減などに沿うものと考える。

そして、これらを実施していくに当たっては、県職員の意識改革、それに基づく県庁改革を進めていくことが、必要であると考える。

具体的には、以下の点を中心に進めていくことが重要である。

一　公務員の仕事は、全体の奉仕者として、長期的な視点に立ちながら、公共の利益・福祉を最大限に向上させ、公共サービスを効果的に適正に提供していくことにある、という意識を徹底すること。

二　当事者意識を持ち、前例がない、聞いていない、波風をたてないように、丸くおさめようという、事なかれ主義・役所的発想を排すること。

物事を一面的に見るのではなく、多面的に見ること。

既成の概念・価値観に囚われず、個性や多様性を重んじる価値観を大切にし、独創的な思考や社会の活性化に繋げていくこと。

三　県民視点、先進事例等の情報収集、新たなアイディア・枠組みの考察などにより、創造的な発想のできる職場づくりを進め、仕事の取り掛かりが早く、書類・ファイルの整理、簡潔なマニュアル整備などにより、効率的で適正な仕事をする職場づくりを進める。

お互いのサポートや連携、計画的なスケジュール管理、年次休暇の完全取得などにより、モチベーション（意欲）の高い、プラス思考の職場環境づくりを進めていくこと。

事務局案は、行政経営室内でいくらかの議論があったが、修正までは至らず、庁内調整会議のメンバーに届けられた。

七

数日後、第三回目の庁内調整会議が開かれた。

会議の冒頭、財政課主幹の畑山が、発言をした。

「累積財政赤字削減のための数値目標の設定については、財政規律の保持の観点からは、好ましい考えであると思います。

ただ、県予算における数値目標の設定については、時の知事の政策判断に関わることでもあるので、当調整会議の少数意見として、その旨付け加えて欲しいと考えます」

その後、畑山主幹に同調する意見が、相次いで述べられた。

座長の井山が、発言した。

「大体、当調整会議の意見も、まとまったのではないかと思います。

事務局案に、少数意見として、県予算における数値目標の設定については、時の知事の政策判断に関わることでもある、とあった旨付け加えて、当調整会議の意見として、有識者審議会に返したいと思いますが、如何でしょうか？」

「異議なし」

「皆さん、御協力有り難うございました。

それでは、これで閉会とします」

二日後、庁内行財政改革調整会議の意見書が、有識者審議会に提出された。

また、同意見書の写しは、秘書課にも届けられた。


街中に薄らと初雪が舞い降りた日から、数日経ったある日、県行財政改革に関する有識者審議会から提言が出された。

提言書の中からは、北奥県の累積財政赤字削減のための数値目標の設定の部分は削られ、財政赤字削減に努めるものとする、という文言に替わっていた。

行政経営室内での情報では、どうやら兵藤副知事から審議会委員長に対して、申し入れに近い形での話が、あったようだということだった。

三階の執務室の机に座りながら、矢吹は降りしきる外の雪を眺めていた。

「俺は、敗れた……」

矢吹は、そう思っていた。

「まあ、矢吹は大物だよ……。

能力がありながら、あれだけ副知事や人事課から、目を付けられているんだからな」

人事担当者の間では、そのような会話が交わされていたのだった。

三月に入り、人事異動の内示があり、矢吹は四月から、商工労働部の出先機関である工業技術試験場に、転勤することになった。

ある日、旧友の舟木から、電話があった。

「新しい職場での健闘、祈っているよ……。

いろいろと大変だろうけど、これからも、本県の発展のため、良い仕事をしてほしいと思っているからね……」

「ありがとう……。

マイペースで、がんばりたいね」

矢吹は、友の心づかいが嬉しかったのであった。

第二章　二十三年前の手紙

一

矢吹が、新しい職場で仕事を始めてから、一カ月が過ぎようとしていた。

北国の春は遅く、ようやく桜の季節を迎えようとしていた。

矢吹は、休日のある日、書斎のソファーに疲れた体を横たえていた。

悪寒を覚え、やっとの思いで立ち上がり、厚めの寝間着に着替えようと、クローゼットの中を探した。

思わず、古い封筒の包みが目に留まった。

中には、何通かの忘れられた古い手紙が入っていた。

見覚えのある筆跡、ロバートソン学部長からの手紙だった。

―ミスター・ヤブキ、元気で暮らしているか。

君が日本に帰ってから、君からポストカードやクリスマスカードなどをもらい、とてもうれしいよ。

どうか、私の生来の筆不精と忙しさで、返事を書けなかったことを許してくれ。

ただ、君に対して一つだけ不満がある。君が今何をしているのか、何を考えているのか、どうしてもっと詳しく書いてくれないのだ……。

私は、君に対してこれまでも、そしてこれからも、ずっと強い関心をよせているからね。

君が日本で良い仕事をすることが、君を教えた我々学部メンバー全ての、思いだからね。

成功を祈っているよ。—

ルームメイトのペクからの手紙
—ハーイ　ヤブキ、元気かい。

今、僕は夏休みでソウルに帰っている。

久しぶりに家族と一緒で、とても心が落ち着いているよ。

ブルーミントンでは、僕が一番年長なのに、皆をうまく統率できずに、君にいやな思いをさせたことを、すまないと思っている……。

君が日本に帰る前に、皆と一緒にキャンパスのあちこちで撮った写真を送るよ。

時が流れても、我々の友情は永遠だからね。—

藍川からの手紙

—お元気ですか。

私は、休みに入り毎日アルバイトに奔走中です。来学期の学費を何とかしないと。

公務員試験はどうでしたか。公務員というと日本の代表選手ですね。

私は、アメリカで仕事がしたい。

日本の窮屈な社会に比べて、こちらの水が私には合っています……。

この間、キャンパスからの帰り路、リさんと偶然出会い、差しで飲みましたが、二人だけだと彼はとてもおとなしい。大川さん、小田さん、パクさんもブルーミントンを離れ、残った者たちも、とても淋しい思いをしています。でも頑張らなくては。

頭も体もそろそろ限界を感じています。年末には一度日本に帰ります。

二年ぶりの帰郷なので、両親は大喜びでしょう。精一杯親孝行したいと思います。

どうか、お身体にお気をつけて、頑張ってください。—

矢吹は、さらに何通かの懐かしい文字の手紙を読み終えて、思わず目に涙が溢れた。

あれから、二十三年が経つ……。

矢吹が、以来ほとんど手紙を書いていない人もいた。

とても大切なものを置き去りにし、忘れ去って生きてきたことが、重く悲しかった。

ブルーミントンに帰ろう、矢吹はそう思った。

遥か彼方の記憶が、浮かんでは消えていくうちに、矢吹は深い眠りに落ちていった。


翌日、矢吹は妻に静かに話し出した。

「秋に、アメリカのブルーミントンに行こうと思う。

今行かないと、お世話になった人たちも、いなくなってしまう気がする……。

一緒に行ってくれれば、お互いこれからの人生を、見直す機会にもなるのではないかと思う」

彼女は、目を輝かせながら、嬉しそうに言った。

「ええ、いいわ。

私も、ずっと行ってみたいと思っていたし、お世話になった人にも会ってみたいわ。

とても、楽しみね……」

二

二〇〇六年十月初め、二人はアメリカの中西部の街、ブルーミントンに向けて旅立った。二人が降り立ったシカゴの街は、十月だというのにまだ蒸し暑く、熱気に包まれていた。街並みは、以前に比べて整然としていて、だいぶ綺麗になったという印象である。シカゴに着いた日の翌朝、二人はホテルからバス乗り場まで、街の雰囲気を感じながら歩いて行って、グレイハウンドバスに乗り、ブルーミントンに向かった。

二時間半ほどのバスの旅、車窓からは、少し黄色味がかった草原が、遥か彼方まで広がっているのが見えていた。

昼過ぎにブルーミントンに着き、軽い食事をとり、ホテルにチェックインした後、よく通った大学のキャンパスに向かった。

大学が創立された当時の本部棟や、石造りの教育棟などの建物が、昔のまま残っていた。午後の暖かい陽ざしが、木漏れ日となって、二人の背中に優しく注いでいた。

「きれいだわ、自然が豊かで落ちつくわね……。ずっと、変わってないんじゃないかしら」

長い年月が経っているのに、いくらか黄色味がかった、鬱蒼とした木々に包まれた様は、昔とほとんど変わっていない、矢吹はそう思っていた。

陽が傾きはじめた頃、二人は、キャンパス近くのダウンタウンの方に向かって、歩いていた。

そして、若い人たちで賑わう一軒のレストランに入った。

昔と変わらないハッピーアワーだった。

二人は、ビールのピッチャーと、ピザなど数種類のサイドディッシュを頼んだ。

周りからは、馴染みのある訛りの英語が、聞こえてきていた。

また、海外からの留学生らしき若者たちが、熱い議論を重ねていた。

ウイークエンドの解放感の中で、かつての仲間たちと語り合った日々が、走馬灯のように矢吹の頭の中を駆けめぐっていた。

ホテルへの帰り道、矢吹は、仲間たちとよく行った、メキシカンの居酒屋方面へ向かっていた。

「オー　ガルシア！　ユーゴー　アイゴー」そんな声が、矢吹の耳の中で響いていた。

だが、居酒屋があった辺りには、もうその建物はなく、ただ駐車場が広がっているだけだった。

三

翌日、ホテルの食堂で朝食をとっていると、若い女性が日本語で話しかけてきた。日本語を学んでいて、ホテルでアルバイトをしているという。

「……観光旅行で、来たんですか？」

「いや、そこの大学を二十三年前に卒業してね……。そして、懐かしくなり、当時の先生とかに会いたくて来たんだ」

「それじゃ、アラムナイ、同窓ですね。どうか、ゆっくり楽しんで、良い時間をお過ごしください」

「ありがとう、君もね」

心地よい会話を交わし朝食を終えて、二人は、大学の図書館の方に向かって歩いて行った。

当時、大学の授業時間以外は、朝から晩までのほとんどの時間を、過ごしていたところだった。

建物の前は、広い広場だったが、今はその上に大きな屋根状の覆いが、取り付けられていた。

図書館の中では、学生たちが、本や雑誌などを読みあさっている姿で、溢れていた。

「昔と変わらないね。

みんなよく勉強しているようだね」

矢吹は、つい月並みな感想を漏らしていた。

図書館から、広場の下の地下道を通って行くと、カフェテリアが変わらずにそこにあった。

二人はそこで、懐かしい味のコーヒーを注文し飲んでいた。

「ハロー　矢吹さん、ハウ　アー　ユウ?……」

矢吹は一瞬、かつての仲間の馴れ親しんだ声が、どこからか聞こえてきたような、そんな感覚に包まれていた。

ああ、人は、時が過ぎれば、多くの大切な記憶をあるところに置き去りにして、今現在の世界でしか、ものを考えなくなってしまうんだな、と矢吹は思うのだった。

カフェテリアの隣には、大学のアラムナイ事務所が入っている建物があった。

矢吹たちは、今回の大学訪問にあたって、いろいろと情報提供をしてくれたアラムナイ事務所を訪ねて行った。

「ハロー　矢吹といいます。先生の消息や、メールアドレスを送ってくれてありがとう。ところで、前にこの近くにあったガルシアというメキシカンのお店、今どこにあるかご存知ないですか？」

「確か、十六年ほど前に閉店になって、そのまま無くなったと思いますね」

「そうですか……。いろいろと、ありがとう」

時は、確実に流れて行った……。

矢吹は、何か重いものが、心の中に沈んでいくのを感じていた。

四

午後、矢吹は、政治学部の学部長や、かつて学んだ先生に会うアポをとっていた。

少し紅葉し始めた木々に囲まれた政治学部棟を、懐かしい想いで見上げながら、矢吹は建物の中に入っていった。

二階に上がっていくと、懐かしい声が響いていた。モンゴメリー先生だった。

「ハロー　ドクター・モンゴメリー」

「ハーイ　ミスター・矢吹、久しぶり、よく来たね。

元気だったかい？

奥さんもようこそ、我が大学にいらっしゃいました」

矢吹は、当時、モンゴメリー先生からはアメリカ政治学を学び、修士号取得の際には、担当主任教授として指導していただいた。

最終試験の結果が出る頃に、先生の研究室を訪ねたら、ドアを開けるやいなや、「コングラチュレーション　卒業おめでとう！　ミスター・矢吹」の声で迎えられたのを、今も鮮明に憶えている。

先生は一昨年退職し、今は非常勤で講義を持っていて、数年後にはフロリダに移り住む予定であることや、矢吹が今、日本の公務員として仕事をしていて、良き地域づくりに、少しでも貢献したいと思っていること、などを語り合っていた。

また、先生は、十五年前に亡くなったロバートソン学部長について、「今でも皆、とても残念に淋しく思っているよ」と言うのだった。

ドアをノックする音がし、学生が先生のアドバイスを得たいと、顔をのぞかせたので、矢吹たちは
「これからの先生の幸運を祈っています。
グッドラック、ドクター・モンゴメリー」と言って、失礼したのだった。

二階の廊下を奥の方に歩いていくと、以前と同じ場所に学部長室があった。

秘書にアポをとっている旨を告げると、ナサイド学部長の部屋に通された。

「ハロー　ミスター・矢吹、元気だったかい？」

「ハロー　ドクター・ナサイド、お会いできて大変うれしいです」

「ミスター・矢吹、そして奥さん、我が政治学部によくいらっしゃいました。

当学部棟の外観は昔と変わらないが、内部はだいぶ改装してあるので、後で一緒に見に行こうね」

ナサイド学部長は、当時、大学院生たちと一緒に、グローバル・フォーラムを主催し、週一回程度、国際寮ホールでメインゲストを招いて討論会を開いていた。

矢吹たちは、近況などについてしばらく話し合っていたが、ナサイド学部長の案内で、新しくなった教室など学部棟内を見て回ることになった。

「ところで、ミスター・矢吹、あの頃の大学院生で、エチオピア人のタファラを知っているかい？」

「グローバル・フォーラムを、中心となってやっていた彼ですね」

「ああ、そうだよ。

彼は今、ここで回想録を書いているから、案内するよ」

五

「ハーイ　タファラ、矢吹です。

憶えていますか？」

「ハーイ　矢吹、もちろんだよ。

久しぶりだね」

矢吹にとっては、あの頃、世界のことや人生などを語り合った、懐かしい仲間だった。

彼は、あれから他の大学で博士号を取り、エチオピアに帰って教職員組合の会長になったが、政府と意見対立し投獄され、十何年かの投獄刑を受けたのだった。

当時、スペインからの留学生で同窓のカルロスから、良心の囚人タファラの釈放嘆願依頼のメールがあり、矢吹は、タファラの釈放嘆願状を、在日エチオピア大使宛てに送ったのだった。

その後、タファラは釈放されたと聞いていた。

タファラは今、大学の支援で、投獄時代の回想録を書いているということだった。

二人は、長いブランクを経て、エチオピアやこれからの世界のことなどについて、いろいろと意見を交換し合っていた。

「日本は、大丈夫かい？」

「そうだね、いろいろと問題があるよ。

でも、我々の世代ができることは、やっておかないとね」

「困難な任務が待っていると思うが、お互いにがんばろうね。

あの頃一緒だったトルコ人のゼーナが、まだユネスコでがんばっているしね」

「ゼーナか、なつかしいですね……」

タファラとの会話で、励まされたような思いになり、矢吹は嬉しかった。

「回想録の成功、祈っているよ」

「ありがとう、グッドラック　トウ　ユウ　トウ」

タファラの研究室を出た矢吹たちに、ナサイド学部長から誘いがあり、明日ランチを一緒にとることになった。

翌日の昼、矢吹たちは、政治学部棟の前でナサイド学部長、タファラたちと待ち合わせをし、かつて馴染みの軽食レストランへと向かった。

ひと通り注文が終わったあと、日本語の担当教授も加わったランチ会の会話が始まった。

「皆さんとお話ししているうちに、あの頃の記憶がとても細かいところまで、ビビットに蘇ってきました」

矢吹がそう言うと、参加者たちからは、

「オー　ベリーグッド」と言う声が漏れていた。

「ところでミスター・矢吹、グローバル・フォーラムがまだ続いていて、今週木曜日に開かれるよ。

良かったら参加していかないか？」

「ああ、そうですか……。

残念ですが、木曜日にはシカゴに行っていなければならないので、参加はちょっと無理ですね。

でも、それはすばらしいことですね」

ナサイド学部長の発言に、矢吹はとても驚いていた。

あれから二十三年以上経つというのに、まだ続いていたとは……。

今までそこで、どれほど多くの議論がなされてきたかと思うと、胸が詰まるような感覚に覆われていた。

「すごいわね……。

ねえ、ソフトドリンクで、グローバル・フォーラムに乾杯、といきましょうよ」

「オーケー。

それじゃ、皆さん、チアーズ！」

それから、楽しい会話が続き、ランチ会は大いに盛り上がっていった。

ランチの後、参加者たちは、再会を約束し合い、何度か振り向き手を振りながら、別れて行った。

六

秋のブルーミントンは、日差しの強い日がまだ続いていた。

シカゴに戻る前の日、矢吹たちは、脚を骨折して、自宅で療養中のハンティントン先生を訪ねて行った。

緑に包まれた、広い住宅地の中に建つ建物は、皆個性的で、昔この辺りはゴルフ場のフェアウェイだった、と聞いた記憶が矢吹の中で蘇っていた。

先生の自宅辺りまで来ると、庭で芝生の手入れをしている人が見えていた。

「ハロー　ミセス・ハンティントンさんですか？

矢吹といいます」

「ハーイ　矢吹さん、お久しぶりです。

奥さんも、よくいらっしゃいました。

どうぞ、中へお入り下さい」

「サンキュー」

古くからの旧友のように出迎えてくれた夫人の様子に、矢吹たちは感激していた。

「ハロー　ドクター・ハンティントン」

「ハーイ　ミスター・矢吹、訪ねて来てくれてありがとう。

元気だったかい？

奥さんも、よくいらっしゃいました」

ハンティントン先生は、昨年退職した後、転んで怪我をし、松葉づえをついていたが、思いのほか元気そうだった。

矢吹は、ハンティントン先生からは比較政治学を学び、修士号取得試験の担当教授を務めていただいていた。

また、当時、何度かゼミの学生たちとともに自宅に招かれ、様々な議論をした思い出が蘇ってきていた。

「ミスター・矢吹、今何かやっているリサーチはあるかね」

「これまで日本の地方公務員をやってきたので、特にリサーチはしていませんが、地域の活性化や、それを推進する行政の在り方については、ずっと問題意識を持っています」

「それは、いいね。

何か強いテーマを持って、仕事をするということは、とても良いことだと思うよ」

矢吹は、ハンティントン先生の言葉に、何か癒されたような思いを感じていた。

東洋風の庭園を眺めながら、紅茶を飲んでいるうちに、会話は次第に、当時の懐かしい思い出話に移っていった。

そして、ディアンナ夫人が、アメリカ地方政府論を担当していたドクター・リードが、近くに住んでいて記憶力がとても良く元気なことや、ロバートソン学部長はとても心の広い人だったが、少しヘビースモーカーだったことなど、秘話でも語るように話してくれていた。

「今でも、あの頃に戻り、皆と一緒に楽しい議論をしたいと思うことが、よくあるよ」

ハンティントン先生の言葉に、矢吹は感激していた。

ああ、何という素晴らしき日々だったことだろうか……。

矢吹はその思いで、胸がいっぱいになっていたのだった。

七

芝生が続くキャンパスの小道に沿い、疾風するかのように自転車をこぐ人がいた。よく見ると、それは大川さんだった。

矢吹は、大きく手を振って叫んだが、大川さんは何か考え事でもしているかのように、一心に前を見て遠くへと走り去って行った……。

国際寮では、朝食はビュッフェスタイルで、寮生たちは、食事をとりながら、いろいろな会話をして、情報交換をし、楽しい時間を過ごしていた。

皆の話では、ルームメイト同士のユンと小田氏が、日韓の歴史問題を毎晩のように、徹夜で議論していたらしい。

その後、小田氏は、連日のように続いた議論がもとで、単位を一つ落としたと言っていた……。


ようやく大学では、勉強漬けだった春学期も終わり、長い夏休みに入った。

サマースクールの講座はあったものの、国際寮も閉まり、学生たちの中には共同で部屋や一軒家を借りて住む人もいた。

大川さんの部屋で、パーティがあるというので、みんなが何かを持ちより集まっていた。

数人のアメリカ人などのほかに、リやパク、小田氏や藍川も来ていた。

矢吹は、ワイン一本を持って大川さんのところに行きながら、招いてくれたことへのお礼を言った。

少しぎこちない英語や韓国語、日本語などで、パーティは賑やかに盛り上がっていった。

矢吹は、夏休みの解放感もあり、大川さんや小田氏、パクやリたちと、世界の諸問題や将来のことなどについて、熱く語り合っていたが、ふと、藍川の横顔が気になりだしていた……。

それは、はるか遠い昔に見たことがあるような、ずっと眠っていた深いところにある記憶を呼び覚ますような、そんな思いを与えるものであった。

ああ、夢か現《うつつ》か……。

人生も過ぎてしまえば、すべて夢のようになってしまうのだ。

矢吹は、そう思いながら、しだいに遠い昔の記憶に浸りはじめていた……。

第三章　幼き日々

一

俊一、博之、そして真子の三人が、生まれ育った大牧瀬町は、コバルト色の海となだらかな緑の丘、そして山並みの美しい北の町だった。

昭和三十年生まれの三人は、およそ物心ついた頃から、一緒に遊んでいた。

遊ぶところは、海辺の砂浜や岩場、丘の上、カニのいる小川などであった。

俊一は、博之の三輪車でよく遊んでいたが、ある日その三輪車を家に持ち帰り、取りに来た博之に、石を投げて追い返したこともあった。

また、俊一の家の下の海辺では、アオサがよく生えていたが、アオサ採りにきた大人たちに向かって、

「そこはうちのアオサだ。とるなー」と、窓から叫んだりしていた。

博之は、三歳の時に父が胃ガンで亡くなったので、父の顔をよく覚えていない。

母が小学校の先生であったが、母の愛情に包まれて育ったこともあり、素直で伸びやかな子だった。

真子は、他の子より頭ひとつ大きかったが、子どもながらに幼稚園が好きではなかった。ある時、真子が幼稚園に来ていないと、皆が大騒ぎしていた時に、ひょっこり家の押し入れの中から、出てきたこともあった。


早春のまだ冷たい風の中、フキノトウが道端でようやく顔を出したある日、三人は、同じ晴丘小学校に入学した。

小学校までは、海岸沿いの道を歩いたあと丘を一つ越えて、二キロ余りの道、春にはアカシアの木々が回廊となり、菜の花畑やイチゴ畑、グミや桑の木などが道沿いに続いていた。

三人は、おぼえたての歌を歌ったり、木に登ったり、ヘビを捕まえて遊んだり、畑でかくれんぼしたり、木の実を食べたり、あちこちで道草を食いながら、学校に通っていた。

ある日の学校からの帰り道、俊一の伯母のイチゴ畑まで来た時、お腹が空いた三人の眼は、おいしそうな赤いイチゴの実にくぎ付けになった。

「すこしぐらいなら、たべたっていいさ。いっしょにたべようぜ」

俊一は、自分の畑でもあるかのように、そう言うと、博之と一緒に畑に入り赤いイチゴを食べ始めた。

「だめよ……」

真子は、そう言いながらも、二人のところに行き、イチゴの実をおいしそうに食べ始めた。

しばらくして、突然人の気配がして、伯母のフミが現れ叫んだ。

「おまえだち、何してるんだ。ひとの畑に入って、こらー」

三人は、一目散にやぶわらに飛び込んで逃げた。

先程まで一緒だった博之と別れた俊一は、ただ下を向いて黙々と歩いていた。フミの怒りに満ちた顔が、頭から離れなかった。

後ろから、目を真っ赤に泣き腫らした真子が、ついて来ていた。

「だから、だめだっていったでしょ……。

みんな俊ちゃんがわるいのよ、ハンカクサイ」

そう言うと、真子はまた泣き出した。

「わるがったよ……。

もうあんなことはしないから、なくのはよせよ」

俊一は、そう言いながら、神妙な顔で真子に謝った。

「もうしないって、やくそくよ」

「うん、やくそくするよ」

真子は、俊一の目をのぞき込んで、やっと泣き止みながら、微笑んだのだった。

二

俊一の母ナミの実家は、隣町の大きな川沿いに、六キロほど奥に入ったところにあった。落ち武者だった御先祖様が、そこに住み始めたということだった。

バス停で降りて、石ころだらけの道を、しばらく歩いていくと川があり、そこの橋を渡ると間もなくであった。

ある年、洪水で橋が流され、橋の代わりに長い板が架けられていたが、俊一は子どもながらに、そこを渡るのが怖かった。

母と実家に行ったとき、俊一は伯父から、バス停のそばの酒屋まで行って酒を買ってくるように言われ、酒を買っての帰り道、その板の橋の手前で酒瓶を落とし壊れてしまい、泣いて帰ったこともあった。


夏のある日、俊一は、ひとりで母の実家に、家でとれた魚を持って行くことになった。汽車とバスを乗り継いでの旅であり、小学二年生にとっては大旅行であった。降りるバス停の名前は知っていたが、どのバスに乗るのか、行き先を漢字で書いた紙を母からもらった。

また、母は、わからなくなったら、すぐ人に聞くんだよ、と俊一に言った。

汽車に乗って一時間あまり、遠くまで続く海を眺めているうちに、いくつかの駅に停車し、隣町の駅に着いた。

俊一は、駅前のバス乗り場に行って、バスが入ってくるたびに、バスの行き先を見てまわった。

ようやく、行き先を書いた紙と同じ行き先のバスを見つけ、荷物を抱えながら乗り込み、前の方の席に座った。

外の景色を見ながら、バスに揺られて、しばらく進んでゆくと、正面に見覚えのある看板の店が見えてきた。

俊一は、そこのバス停で降りて、石ころ道を歩いて行って橋を渡り、ようやくの思いで母の実家にたどり着いた。

家にいた伯父の正太郎が、とても驚いた顔で、そしてうれしそうに言った。

「よーぐ来たの。魚まで持っての、重だがったべー」

「うーん。このなかに、わ釣ったスズキもあるんだもーん」

「んだか……。そりゃ大したもんだ」

その晩は、祖母のさよと風呂に入りながら、風呂の入り方を教えてもらったり、俊一の持ってきた魚を焼いて、夕ご飯を食べながら、正太郎から、母の小さいころの話を聞いたりして、楽しく過ごしたのだった。

次の日、近くの正太郎の弟義雄の家に行き、従兄弟の優や賢、近所の子たちと、さよがつくってくれた、子供の頭ほどもあるお握りを一緒に食べながら、相撲を取ったり、駆けっこをしたりして遊んだ。

俊一は、次の日学校があるので、午後のバスで帰らなければならなかった。

正太郎の妻アネが、バス停まで送ってきて、

「俊ちゃん、ありがとね。

学校のほうも、がんばるんだよ」と言いながら、おこづかいをくれた。

まもなくバスが来たので、

「おばちゃん、ありがとう……。

バイバーイ」と言って、俊一はバスに乗り込んだ。

そして、おばちゃんとバス停が、小さくなって見えなくなるまで、手を振っていた。

三

俊一の家では、父と母が、イモや豆などを植えていた畑を、もう少し大きくしようと、ササヤブや雑木を切り開きながら、開墾作業をしていた。

父の寛一が、気合いを入れて木を切ったり、土を起こしたりしていたが、俊一には、あんまり進んでいるようには思えなかった。

でも、遊びから帰ると、作業を終えた父と母が、家で楽しそうに話をしていて、それを見るのが俊一は好きだった。

母はよく近所の人たちと、線路の防風林である松林に行って、薪と一緒に燃やすシバ拾いをしていたが、俊一もよく手伝っていた。

家の後ろの坂を上がり、線路道を歩いて行くと、深い松林があった。

そこで、燃えそうな枯れ枝をできるだけいっぱい集めて、それを背負って家まで帰ってくるのである。

拾ってきたシバをストーブで燃やし、具だくさんななべ汁を煮て、一緒に食べるご飯はとてもおいしかった。

ある日、母が、耕していない畑の周りに木を植えていた。

「それ、なんの木なの?」と俊一がたずねると、

「これはね、松の木だよ。

俊ちゃんが大きぐなったときにね、この木も大きぐなって、きっと助けになるがらね」

と言うのだった。

俊一の家では、田んぼも耕していて、毎年何軒かで一緒に、田植えや稲刈りをしていた。

俊一と真子たちが三年生になって、学校が田植え休みとなったので、二人は田植えの手伝いをすることになった。

大人たちが、稲の苗をあぜ道を通って一輪車で運びながら、田んぼの所どころに降ろしていた。

しばらくすると、大人たちは田んぼの中に入り、田植えが始まった。

俊一は、苗を持って、

「なえをね、たうえをしている人のところに、こうやってなげてやるんだよ」と言って、投げて見せた。

「俊ちゃん、よくしってるね……。

こ～お…？」

「う～ん、わりと、うまいね。

それでいいよ」

俊一は大人びたように、そう言うのだった。

田植えもだいぶ進んで、二人はだんだんと作業に慣れていったが、お腹もすいてきた。

「さあ、もうお昼にするよ」
その声で、みんなが作業をやめて、小屋の前に集まってきた。
そして、おいしそうなおかずとご飯がひろげられると、さっそく食べ始めた。
「とっても、おいしいわね」
「そんだね。
真子も、なえなげがんばったがら、おいしいんだよ」
二人は、生きかえったような思いで、昼ご飯を食べていた。
「ん～ん、おめだぢも、よく手伝ってくれだの。
とっても、ちからになったよ。
まんだ、稲刈りのときも、手伝ってけれの」
一緒に田植えをしていた近所のかあさんが、うれしそうに二人にそう言うのだった。

四

学校では、下宿もやっていた成美の家から、通っている先生もいたが、俊一たち三年生の担任の赤井先生は、運動場のそばにある職員宿舎に家族で住んでいて、まだ小さい息子のターボーを可愛がっていた。
道徳の時間に、先生が、宮沢賢治の『風の又三郎』を朗読してくれていた。
「どっどど　どどうど　どどうど　どっどうー
青いくるみも、吹ぎっどばせー
すっぱいかりんも、吹ぎっどばせー
どっどうど　どどうど　どどうど　どっどうどー……。
だれだあ、あいづは……、……あいづは、風の又三郎だどー」
又三郎が、今にもそこに出てきそうな先生の朗読に、俊一も、真子、博之も、ただ食い入るように聞き入っていた。

十月になり、日本で初めての東京オリンピックが開催された。

俊一の家では、買ったばかりのテレビで、オリンピックを見ていたが、

「さあ、三宅、がんばれど！……」と、母がテレビの前で力を入れて応援していた。

学校では赤井先生が、東京オリンピックについてや、アベべなどの出場選手について、子どもたちでもわかるように、話してくれていた。

博之は、野球が、オリンピックの競技にはないとわかって、どうしてかなと思っていた。

また、顔の色が黒い人や、髪の毛が金色の人を見ていて、世界にはいろんな人がいるんだな、と思うようになっていた。

この人たちは、どんなところに住んでいるんだろうか……。

いつか、自分で行って、見てみたいな、と思い始めていた。


オリンピックも終わり、学校では冬支度が始まっていた。

俊一たちも、教室のストーブでたく、マキ運びなどを手伝っていた。

そして、雪が降り始めた頃、昼休みに、真っ赤にマキを燃やしたストーブの上に、赤井先生が小魚を置いて焼いて、生徒に食べさせていた。

「おいしいだろ……。

さかな君にね、食べさせてくれて、ありがとうて言うんだよ」

「うん、おいしい、……、ありがとう」

そう言って、皆がさかな君を、食べていたのだった。

それから、冬休みに入り、大工の弟子入りをしていた俊一の叔父の義光が、ソリを作ってくれて、皆と一緒に滑って遊んだり、中学生で叔母の宏子が、家でカルタ遊びを教えてくれたりしていた。

五

大牧瀬町ではイカ漁が盛んで、俊一の父も、ここ何年間か冬場に出稼ぎに行かないで、仲間の親方とその娘むこを家に泊めて、イカ漁をしていた。

イカを入れる箱は、製材した木板をクギで打ち組み立てるのだが、その仕事は、漁師の奥さんや、高学年の子供たちのアルバイトによって行われていた。

小学四年生になった俊一と博之は、イカの箱打ちに挑戦することにしていた。

果たして、金づちで手ではなくクギを打てるか、二人は少し心配だったので、家にある金づちで、木にクギを打ってみる練習をしていた。

アルバイト代は、一箱組み立てると四円貰えるというもので、二人には、これから何か大人になっていくような、そんな体験になる感じがしていた。

冬休みに入った次の日、二人は漁業協同組合に、箱打ちアルバイトに出かけて行った。

「よ〜ぐ来たの。

おめだちも、箱打でるようになったがのー」

二人を小さい頃からよく知る組合職員の坂崎は、そう言って彼らを作業場に連れて行って、箱の組み立て方や、できた箱の積み方などを教えてくれた。

作業場では、何人かが箱打ちをやっていたが、六年生の修二が来て、

「お〜お、おめだちも来たが。

手を打だねようにの」と言うのだった。

俊一と博之は、周りの人の打ち方を見ながら、箱を打っていった。

昼のお握り弁当を食べてから、午後にはだんだんと慣れてきたが、クギが少し出たりで、でき具合はまだあまり良くはなかった。

それでも、夕方までに二人とも五十枚まで打った。

作業を終えたところで事務所に行くと、その日のアルバイト代として二百円、百円札で二枚をそれぞれ貰った。

その夜、俊一は、枕元に二百円の札を置いて、それをしばらく眺めながら、眠りについたのだった。


俊一の父は、若い頃樺太で土建業の仕事を覚えたことから、夏場には海や田んぼ、畑での仕事の他に、地元の建設会社で現場監督の仕事もしていた。

母が、仕事で疲れて帰って来る父に

「なんも頭悩まさなぐたって、いいべさ……。

人に使われていれば、いいべ」と言うと、

「人と同じことを考えでいでは、まいねよ。

これから、俊一もそんだけど……、人を使う術《すんび》を覚えねば、まいねんだよ」と、父は言うのだった。

六

真子は、学校では背が大きかったので、朝礼のときなどは一番後ろに並んでいた。

運動会などで走るのが速かったが、少し引っ込み思案なところがあり、家で本を読むのも好きだった。

六年生になったときに、真子は、学校での読書感想文発表会に出てみたい、と思うようになっていた。

そして、担任の山川先生の指導を受けながら、野口英世の伝記を読んで感想文を書いて、皆の前で発表することになった。

俊一や博之などが待ち望むなか、演台に立った真子の姿は、何か自信に満ちているような、そんな感じを与えるものであった。

「野口英世は、大変よく勉強してアメリカまで行き、黄熱病の研究をして、世の中の人々の病気を治すため、医学の発展のために尽くしました。

そのことを、私はとても尊敬しています。

でも、人からお金を借りて、返さなかったこともあったと、言われています。

もし、そうだとすれば、それは、人として良くないことだと思います……」

真子の発表内容に、俊一たちは驚くとともに、感心していた。

出場者の発表がすべて終わって、しばらくして校長先生から講評があり、真子が優秀賞に選ばれた。

「真子、優秀賞おめでとう。

とっても良がったよ……」

同級生で成績優秀な敦子が、真子のところに来て、そう言うのだった。

そして、俊一や博之たちも、同じように真子にお祝いを言っていたのだった。

大牧瀬町では、町内の小学校によるソフトボール大会が、毎年夏に開かれていた。

試合が近づいて、ピッチャー博之、キャッチャー健介、サード成美、ショート滝彦、ファースト慶一、レフト俊一などが、放課後校庭で、山川先生からノックを受けたり、打つ練習をしていた。

ある時、俊一の打ったボールが、校舎の屋根まで飛んで当たったこともあった。

夏のある日、町内小学校ソフトボール大会が、校舎が新築された大きな小学校のグラウンドで、十数校が参加して開かれた。

開会式のあいさつで、主催者が
「今日、皆さんが行進している姿を見ていたら、東京オリンピックの選手の行進のようでしたね」と言っていた。


第一試合が始まり、ピッチャー博之は、コントロールの良いボールを正確に投げ込み、内野の守備も良かったので、最終五回まで一点に抑えていた。

その五回の裏、四番俊一は、ランナーを一塁において、高めのボールを思いっきり打った。

ボールは、レフトとセンターの間の後ろに飛んでいって、俊一は、全力でホームまで走った。

さよならホームランとなり、二対一で晴丘小学校が勝ったのだった。

そして第二試合も、接戦となっていたが、相手の打撃や守備が勝っていたようで、晴丘小は二対三で惜しくも敗れ去った。

「博之も、俊一も、今日はよくがんばったね……」

応援に来ていた真子は、とても満足そうな笑顔で、そう言うのだった。

夕陽がだいぶ傾いた頃、俊一たちチームや応援の人たちを乗せたバスが、海岸通りの道を家路に向かって走っていた。

バスの窓からは、砂浜から続くハマナスの紅い花が、風に揺られているのが見えていた。

第四章　青春の始まり

一

昭和四十三年の春、俊一たちは、卒業式で敦子が答辞を読んで小学校を卒業し、海岸沿いに汽車で二駅のところにある、牧瀬中学校に進むことになった。

そこは、大小五つの小学校の卒業生が入学して、一つの中学校となっていた。

俊一たちの晴丘小学校は、その中でも小さい方だった。

入学式の日、俊一、博之、真子、敦子、慶一、滝彦、成美、健介などが、母や父たちと一緒に、駅までの道を胸を弾ませながら歩いていた。

俊一は、登校したら、なるべく早く職員室に来るように言われていたが、登校してまず、中学校の生徒の多さに驚いていた。

職員室に行ったら、担任の先生からあいさつ文が書かれた紙を渡され、このようにあいさつするように言われた。

俊一たちの小学校の代表が、入学式での新入生代表のあいさつをする番に、当たってい
たからだ。
校長先生のあいさつ、来賓あいさつに続いて、俊一が緊張した様子で、新入生代表のあいさつを読み上げた。
その後、優秀そうな在校生代表のあいさつがあり、入学式は終了したのであった。

中学校は一学年三クラスだったが、新学期が始まって、同じクラスや他のクラスの生徒の顔と名前もだいぶ憶え、学校の生活や勉強にも少しずつ慣れてきた頃だった。

「俊一、相撲強えど聞いだけど、わど相撲とらねが」

漁師の息子の剛史は、相撲が強いと聞くと、同級生、上級生と誰かまわず、相撲の勝負を挑んでいた。

「剛史、いいよ、でも、わに勝てるがな」

二人が相撲で対決すると聞きつけた級友たちは、校庭の片隅に集まっていた。

「俊一、よし、いくぞ」

二人は思いっきりぶつかって、相手の腰のバンドをつかんだ。

剛史が、俊一を力まかせに投げようとした時、俊一は、そのままの腰の構えで剛史をあ

びせ倒しにした。

「やるな、俊一……、今日は、わの負げだ」

剛史は、起き上がってそう言いながら、立ち去って行った。


ある日の夕方、俊一の母が、道を走ってきて、「光弘死んだんだど」と言って、怖い顔で家の中に入ってきた。

光弘は、父の妹きよの長男で、俊一より四つ上で、小学生の俊一の髪をバリカンで刈ってくれたり、よく遊んでくれていた。

大工の見習いで出稼ぎに出ていたが、家に帰ってきて、海岸沿いの道をオートバイで走っていて事故にあい、満十六歳で亡くなったのだった。

二

通学列車から見える大牧瀬町の海岸が、碧く輝く暑い季節を迎えていた。

夏休みが始まり、俊一と博之は、毎日のように砂浜と岩場のある海で遊んでいた。

潜ってはサザエなどを獲ったり、浜で火を焚いて獲った貝を焼いて、一緒に泳いでいた子供たちに食べさせたりしていた。

賑やかな声につられて、浜のほうに来た真子は

「二人とも真っ黒ね……。

日本人でないみたいね」と、笑いながら言うのだった。

「うん、黒ちゃんのようだろ。

みんなにそう言われているんだ。

この焼いた貝、食べないか？

おいしいよ」

そう言う博之の顔をしみじみと見ながら、真子は小ぶりの貝を食べてみた。

「ほんと、おいしいわね」

「そうだろう、その貝、あそこの岩場の海の中に、いっぱいいるんだよ」

「そう、ちょっと見てみたいわ」

真子がそう言うので、博之と俊一は、真子を連れて岩場の海に、膝まで入って行った。

「そこだよ、いっぱいいるだろう」

「うん、そうね。

でも生きている貝を見たら、何だか食べるの、かわいそうね」

真子のことばに、博之と俊一も顔を見合わせて、うなずくのだった。

夏の陽も、だんだんと西のほうに傾いていった。

薄らと赤く染まっていく、海と浜辺を眺めながら、三人は、これからのことなどを話していた……。


楽しかった夏も終わり、足早に秋の季節となっていた。

陸上部に入っていた真子は、新人戦百メートルに出場するため、先輩たちと毎日のように練習をしていた。

そして、待ちに待った北奥県中学校陸上競技大会新人戦が開催された。

真子は、陸上百メートル決勝まで進んでいた。

緊張した面持ちで位置についた真子は、スタートの合図とともに、力の限り走った。

すぐ前の一人を追い越そうと、必死で走って、最後に足がもつれ、ゴールに倒れこんだ。

拍手の中、自分の順位を確めようとした……。

結果は、二位だった。

「真子、よぐやったね。

良いライバルができて、うれしいわ」

三位に入ったキャプテンの岩城は、そう言って真子の肩を叩くのだった。

季節は変わり、雪の降り始めた日の朝、生徒たちは思い思いに登校していた。

遠くから、俊一が
「へーい、博之、お前の母さんでーべそ。

悔しがったら、俺に雪玉をぶつけて見ろ」と、思いっきり憎たらしい顔をして、博之をからかって言った。

「覚悟しろよ、行くぞ」

野球部一年生ピッチャーの博之は、俊一目がけて雪玉を直球で投げ込んだ。

そして、見事に命中した。

「たまには、まぐれもあるさ」

俊一は、そう強がりを言いながら、先を走って行った。


三学期に入ったある日、俊一と同じクラスの明子は、俊一に手紙を手渡した。

―俊一、もうすぐ中学一年生も終わりですね。

こんなお願いをするのもどうかと思いますが、二年生になると別々のクラスになるかも知れないでしょ。だから、あえて書きます。

実は、友だちの紀子が、博之に好意を持っているんです。

俊一は、博之の一番の友達でしょ。だから、そのことを博之に伝えて欲しいんです。お願いします。―

俊一たち野球部員は、放課後に冬場の体力づくりのため、筋力トレーニングなどに励んでいた。

だいぶ汗を流した頃、俊一は博之に言った。

「博之、紀子が、お前に気があるらしいよ」

「ああ、そう……。でも、そう言われてもね」

少し照れた表情を浮かべながら、博之はそう言うのだった。

三

三学期の期末試験が終わった頃に、俊一たちの学校の校舎が、漏電が原因と思われる火事で全焼してしまった。

そして、二年生になった新学期は、近くの小学校の体育館を仕切った教室や、定時制高校で使っていた建物の中で始まったのである。

先生も生徒たちも、今までとは違った環境の中での手探りの授業に、何かしら新鮮さも感じていた。

力自慢の剛史が、教室の仕切りボードをパンチで叩いたら、穴があいてしまい、先生に怒られたりしていた。


ある日の昼休み、真子、明子、俊一など、気の合う友たちは、学校での生活や勉強のことなどを話していた。

真子が
「これから、私たちいろんなことを経験したり、悩んだりすることがあると思うの。だから、友だち同士でいろんなことを言ったり、意見を交換し合う、日記のようなものを、みんなでやるのはどうお？」と言うと、

「うん、それはいいね。

面白そうだ、やろうぜ」と、俊一が言うのだった。

こうして、真子の提案で、俊一、博之、明弘と、真子、明子、紀子の６人は、交換日記

を始めたのであった。

ある日の日記に

―男女交際について、どう思いますか。私は、お互いに好意を持っていて、健全な交際なら、別に問題はないと思うんですが……。―と明子が書いていた。

それに対し、博之が

―男女交際についてですが、僕たちは中二なので、特定の人との付き合いはまだ早いと思う。これからいろんな人と出会い友だちになり、成長していかなければならないと思うから……。―と書いていた。

また、俊一が

―僕たちは、まだ未成年と言われているが、でも大人ができて、どうして僕たちがやってはだめなのか、と疑問に思うことがある……。お酒やタバコは、大人はいいのに、未成年はどうしてだめなのか、よくわからないね。―と書いていた。

そしてある日、真子は明子から、俊一たちがタバコを吸っていた、ということを聞かされた。

廊下で俊一に会った真子は

「あなたたちが、タバコを吸うなんて、考えてもいませんでした。私、軽蔑します」と言った。

俊一は

「あれは、健介たち小学校からの仲間が集まり、盛り上がって、興味もあり、つい吸ってしまったんだ」と言うのだった。

夏休み前のある日、バスで県庁のある街を見た後、山にあるキャンプ場で一泊するという、俊一たち学年の催しがあり、皆で出かけることになった。

県庁のある街は、広い道路が整然としていて車の数も多く、道路沿いの銀行やデパートなどの建物は何階もあり、とても大きなものに見えた。

バスの窓から見える県庁は、きれいなビルディングといった感じで、路を歩いている人たちも、何かかっこよく見えるのだった。

ガイドの説明で街を回って見た後、峠の茶屋で昼ご飯を食べて、北奥県の中央部にある山の麓のキャンプ場に向かった。

バンガローを何棟か借りていて、男女別何人かずつに分かれて、泊まることになっていた。

辺りの広い草原に心が解放されてか、皆それぞれ散歩したり走ったりしていた。

夕方近くになった頃、野外の炊事場でご飯を炊いて、焼く肉や野菜などをいろいろ言い合いながら、夕食の準備をして、食事が始まっていた。

俊一と同じクラスの恵美子が
「みんなでこさえて食べると、何だかおいしいわね……。キャンプに来て、とても良かったね」と言うので、

「うん、そうだね。中学校の、いい思い出になると思うよ。いっぱい、食べよう」

博之がそう応え、みんな楽しそうに夕食を食べていた。

やがて、夏の一日にも夕闇が迫り、バンガローの中に灯をともして、トランプをやって遊んだり、中学校生活などについて、いろいろ喋っているうちに、夜が更けていったのだった。

四

俊一たちは、中学に入って三度目の春を迎えていた。

「皆さん、三年生になったんだから、その自覚を持って中学校生活を送るようにね。下級生からの相談にも、ちゃんとのってあげてね」

そう言う笠谷先生は、俊一たちが二年の時からの学級担任で、授業についていくのが難しい生徒のレベルに合わせて、授業を行っていると言われていた。

俊一は、学校では予習中心に勉強し、わからないところは授業で質問して覚える、試験の前にはポイント中心に復習するようにしていて、それを科学的学習法と言っていた。

そして、新学期早々には、生徒会の選挙が行われることになっていた。

中学に入ってから俊一は、数学が得意な博之や国語が好きな真子と、勉強でライバルであったが、総合点でトップクラスだったこともあり、生徒会長に立候補することにした。同じく成績の良かった明弘と、芸人志望の滝彦も立候補し、校内放送でそれぞれ立候補にあたっての公約を述べ合った。

選挙結果は、俊一百七票、明弘百六票、滝彦百一票で、俊一が生徒会長に当選した。

俊一と会った真子は

「俊一、当選おめでとう。

生徒会長さん、がんばってね」と言うのだった。

また暑い夏が、大牧瀬町にやってきた。

エースで花形スターの博之、レフトでキャプテンの俊一を擁する牧瀬中学校野球部は、北奥県西部地区中学校野球大会に出場することになっていた。

出場校の中で牧瀬中学校は、攻守揃った学校として注目されていた。

一回戦、二回戦は博之の好投で、準々決勝は俊一の三塁打もあり、牧瀬中学は順当に勝ち進んでいった。

準決勝の対戦相手は、昨年地区優勝した緑丘中学校であった。

この日、ピッチャー博之の調子は良く、強豪相手に七回まで零点に抑え、試合は零対零で進んでいった。

八回の裏、緑丘中学の先頭バッターは、ツー・スリーからファールで粘った末にフォアボールで一塁に出た。

ファースト慶一、サード明弘から、

「ドンマイ、ドンマイ！」の声が飛んだ。

博之は、次のバッターに対しては、気を緩めずきわどい速い球で三振を取った。

続いて、相手チームの四番バッターが打席に入った。

ワン・ツーからの四球目、真ん中高めのボールを、バッターは思いっきり振り抜いた。

ボールは左中間を越えていき、レフト俊一が追っていって拾い返球してよこしたが、その前に一塁ランナーがホームインし一点が入った。

九回の表、牧瀬中学の攻撃は、粘って一塁にランナーを出したが、後が続かず点が入らずに終わり、零対一で牧瀬中学は敗れた。

俊一たちの中学校最後の試合は、こうして終わったのだった。


昨年不調だった、陸上短距離選手の真子は、中学校生活最後の年にかけていた。

春先から放課後の部活では、体力づくりのために長距離を走ったり、スタートダッシュの練習を繰り返し行っていた。

夏休み前の日、北奥県中学校陸上競技大会が開催された。

百メートル予選を通った真子は、決勝に進んでいた。

落ち着いた様子で位置についた真子は、いつもの練習どおりスタートダッシュのイメージを描いていた。

スタートの合図とともに、真子の身体は自然に動き出した。

伸びやかに調子よく走りだしたが、体一つ前を行く選手が目に入った。

真子は、最後まであきらめず全力で走った、が追い付けなかった……。

二位でゴールした真子に、応援に来ていた牧瀬中学の生徒などから、大きな拍手が沸き起こっていた。

五

俊一たちは、中学校最後の冬休みを迎えていた。

俊一の家が新築され、祖母のさよが遊びに来ていて、楽しい正月を迎えようとしていた。

出稼ぎ先から、正月休みに帰っていた父が、

「お前、社会勉強に、冬休みの間、わの出稼ぎ先に仕事しに来ないか」と、俊一に言うのだった。

俊一は、体力に自信があったので、一緒に行くことにした。

正月が明けて、俊一は、高校生で二歳上の裕明とともに、父たちが乗るマイクロバスに乗り、家の窓から手を振るさよに見送られて、神奈川の出稼ぎ先に向けて出発した。

途中真夜中に、マイクロバスが急ブレーキをかけ、何かが壊れたような大きな音がして、寝ていた俊一は座席からバスの床に落ちた。

前を走っていたトラックが、急ブレーキをかけたため、マイクロバスがトラックの荷台からはみ出ていた材木に当たり、フロントガラスが壊れてしまったのだ。

幸い運転手などに怪我はなかったが、車屋はどこもまだ休みで、出稼ぎ先に着くまで、真冬の寒い風をまともに浴びながら、走り続けたのだった。

ようやく出稼ぎ先に着いたら、会社の親方が来て、

「お前たちよく来たの。

一人一日二千円かけるからの」と言うのだった。

仕事の内容は、砂防工事の現場まで、資材などを担いだりして運ぶというものだった。

俊一は、一日が終わるころには疲れ果て、夜に飯場で高校受験のため本を開いても、直ぐに寝入ってしまっていた。

二週間余りのバイトが終わり、俊一たちは、車に乗せてもらって箱根や熱海などを見て回り、神奈川に住んでいた従兄弟の淑郎に上野駅まで送られて、帰ってきた。

数日後、体調を壊し入院していた祖母のさよが、自分の息子や娘たちに見送られて、眠るようにあの世に旅立った、と母から聞かされたのだった。

そして、俊一は、高三で神奈川で就職予定の従兄弟の勝治のところに行って、お互いの卒業後のことなどを、勝治の屋根裏部屋で話し合っていた。

六

やがて、高校の入学試験があり、俊一、博之、明子などが同じ津原高校を受験し合格していた。

中学卒業式を控えたある日、真子は、俊一に紙袋を手渡した。

中に、手紙とマグカップが入っていた。

―これまでいろいろと有難う。楽しい思い出がいっぱいです……。

大したものではありませんが、私の感謝の気持ちと、良き思い出の印として、受け取ってください。

これから、別々の街で暮らすことになるけれど、良い友だちでいましょうね。―

次の日、学校で真子に会った俊一は言った。

「昨日は、ありがとう。

お返しではないけど、よければ、今度の土曜日、中学の思い出として、あの岬の島に行こうか。

いつまでも、この町のことや、僕たちのことを忘れないようにね……」

「ありがとう……」

真子は、そう言うのが精いっぱいだった。


晴れた春の陽ざしが暖かい日、二人は、岬の先の灯台のある島をめざして、歩いていた。

俊一が幼い頃、朝起きたら、家の窓から見える島の沖合の浅瀬に、大きな船が乗り上げているのが見えた。

それから島の上には灯台が建てられていた。

二人は、岩場や浅瀬の石を渡って歩いて、島にたどり着いた。

そして、灯台が立っている島の上まで上がって行って、青い空と遠くの水平線を見つめていた。

「すばらしい景色ね……。

でも、景色につられて、ここから飛び跳ねたりしないからね、安心して。

俊一、サイモンとガーファンクルの、明日に架ける橋って歌、知ってる?

私、あの歌がとても好きなの。

これから、お互いに遠く離れ、別々の高校に行って、どんな生活が待っているかわからないけれど、どうしたらよいかわからない時、手紙でいいから、相談にのってね」

「わかったよ。

これから人生という航海の中で、疲れ果て、そばに誰もいないような時、荒れた海に架ける大橋のように、君を慰めてあげるからね。

手紙の中で、だけれど……」

「キザね、でも、ありがとう……。

頼りにしているわ」


翌々日、引っ越しの荷物の積み込みで忙しい、真子の家の周りに、俊一、博之などが集まっていた。

皆、それぞれ別れを言った。

俊一には、真子の眼に、うっすらと涙が浮かんでいるように見えた。

「真子、体に気をつけて、がんばって……」

「俊一もね……。

いつかまた、もっと大人になってから、どこかで会いましょう」

そう言って、真子は、紙切れを俊一に渡しながら、車に乗り込んだ。
そして、手を思いっきり振って、何かを言いながら、遠くへと走り去って行った……。

—二人っきりで、広い青い空をながめていると
白い雲にも、そよ風にも、空を飛んでゆく鳥たちにも
話しかけたい
幸せだって、ありがとうって……—

第五章　友たち

一

矢吹俊一は、高校入試のため、中学の教科書のポイントを中心に勉強してきたが、合格者の中ではトップの成績だったということで、津原高校入学式では中学の時に続いて、新入生代表のあいさつをすることになった。
一九七一年四月の入学式当日、俊一は、自分で書いたあいさつ文を持って、職員室の担当の先生のところに行った。
あいさつ文の中に
――……私たち新入生は、これから勉強や運動で、先輩に追い付き、追い越すつもりで、頑張りたいと思いますので、よろしくお願いします。……――とあった。
担当の先生から
「高校生として、意欲があるのはわかるが、こういうふうに言うと、後で先輩から呼び出されて、何かされるかもわからないね。追い付き、追い越すつもり、という表現は、やめたほうがいいかな、と思うね」と言われた。

俊一は、その意見に従い、新入生代表のあいさつをしたが、在校生代表のあいさつには、何かユーモアがあったようで、クスクスと笑い声が漏れていた。

入学式が終わり、教室に移動する在校生の間からは、

「今年の新入生代表のあいさつ、随分なまっていたね」という声も、聞こえてきていた。

俊一の通う高校のある津原町は、農村地帯の中にあり、俊一は、その町に住んでいた叔母トヨの家から、学校に通うことにしていた。

牧瀬の停車場まで行く途中に、中学の同級生直道の家があったが、下宿するとあまり会えなくなると思い、彼の家に立ち寄り長いこと話し込んでいた。

津原町の俊一の部屋には、暖房用にコタツが一つ置いてあり、春のまだ寒い日にはコタツに入りながら、勉強したり本を読んだりしていた。

新学期も始まり、クラスのメンバーも初めはぎこちなかったが、互いに自己紹介などしながら、次第に慣れてきていた。

俊一は、同じ高校に進学した博之とともに、野球部に入部したが、部員が少なかったこともあり、一年生ながらレギュラーを争っていた。
医師でもある野球部の尾山監督が
「私の夢は、君たちと一緒に、甲子園に行くことだからね」とよく言っていたが、それが部員たちの支えにもなっていた。
だが、夏の県大会では、俊一、博之とも出場の機会がなく、チームも一回戦で敗退したのだった。

真子は、父美衛《よしえ》の仕事の都合もあって、遠くの街、高岡市の清川高校に進学していた。公立の女子高校ということもあるせいか、生徒たちは熱心に部活に励んでいるようであった。

真子は、陸上部に入った最初の日
「皆さん、こんにちは。

新入部員の藍川真子と言います。

いろいろと、いたらないところがあるかと思いますが、よろしくお願いします」と、先輩や新入部員たちにあいさつして回った。

同じ新入部員の中では、本田洋子としだいに親しくなった。

真子は短距離の選手として、洋子は中距離の選手として、お互いを意識し合いながら練習に励み、そして練習後は、楽しいお喋りに花をさかせていた。

「真子は、とても積極的ね……。先輩たちにも、自分の意見をきちんと言うしね」と、洋子は言うのだった。

二

俊一は、部活と勉強の両立を目標に、高校一年目の学生生活に励んでいたが、新人戦後、エース候補として期待されていた博之が、練習で肩を痛めて退部したこともあり、心が揺れていた。

また、部活の練習時間が長く、勉強も思うようにできないことや、充実した高校生活を送ること、自分の将来のことなどを考えた末に、俊一は二年生になった時に、野球部を退部することを監督に告げに行った。

そして、中学のチームメイトで、工業高校に進学し野球部にいた明弘に、俊一は手紙を書いた。

─明弘、元気で野球がんばっていますか？

僕は、博之が肩を痛めて野球をやめたことや、これからの自分のことなどを考えた末に、先日、野球部を退部したんだ……。

明弘とは、中学時代から、お互い良きライバルとして、がんばってこられたことを、ありがたいと思っているよ……。

今回、突然野球をやめたりして、明弘にはすまないと思っている。─

─俊一、元気でやっているようだね……。

でも、君がすまないなんて言う必要はないよ。

僕も、この間、野球をやめたんだ……。

学校の勉強をする時間がなくて、このままだと、自分のやりたい仕事への就職も、できなくなりそうでね……。

お互いに、これからもっと自由に、勉強や好きなことやっていこうぜ。─

明弘からの返事に、俊一は、とても励まされた思いであった。

明弘は、中学時代が懐かしくなり、交換日記仲間だった紀子に手紙を書いていた。

─お久しぶりです、お元気でお過ごしですか。

先日、僕は野球部を退部しました。

今は、できるだけ学校の勉強をして、就職のことなど、いろいろと考えていきたいと思っています……。

紀子は、就職の予定ですか、それとも進学ですか。

お互いに、悩み事などがあったら、相談できたらと思っています……。―

―お手紙ありがとう。

私も、最近いろいろんな事があって、とても苦しい日々を送っていました。

明弘からのお手紙、涙を流しながら読みました……。

これから、いろいろと相談にのっていただけたら、とてもうれしいです……。―

それから二人は、手紙を交換し合うように、なっていったのだった。

やがて俊一は、自分の能力の限界を試してみたいと思うようになり、大学は最高学府を目標に、ラジオ講座などを聴きながら勉強し始めていた。

学校から帰って早めに夕ご飯を済ませ、一時間ほど仮眠した後に、深夜まで勉強するという日々が続いていた。

ラジオ講座でのケネディ大統領の就任演説を、ラジカセに録音し暗記して、ほとんどそらで言えるようになっていた。

三

俊一は、月に二度ほど、牧瀬の実家に帰ることにしていた。

ある日、隣の市の高校に進学し、汽車通学していた中学の同級生、恵美子と紀子に汽車の中で会った。

「俊一、野球やめたって聞いたけど、だいじょうぶ？……

勉強に集中しているようだけど、たまには息抜きも必要よね」

「最近俊一は、世界の苦しみを、自分一人で背負っているような顔をしていると、明子が言ってたけれど、あんまり突き詰めないほうがいいよね……。

中学の時のように、友だちと相談したり、いろんなことに挑戦してみたら」

そう言う二人に、俊一は
「わかりました。

心配してくれて、ありがとう……。

とってもうれしいよ」と応えるのだった。

夏休みに入り、俊一が実家で休んでいたら、小中学校の同級生の成美と滝彦が訪ねてきた。

成美は、中学卒業後、内装関係の仕事の弟子入りをしていたが、何日間か休みになったということで、地元の牧瀬高校に進学した滝彦を、バイクの後ろに乗せて来たのだった。

幼い頃から二人とは、よく野山を駆けまわり遊んだ記憶が、俊一にはあった。

「何カ月間か、仕事で北海県に行っていたんだが、とても広くて海や山もあり、いいところだよ。

いつか、行ってみたらいいよ」と成美が言い、

「僕は今、高校の部活でフォークソングや演劇をやっているんだが、将来、この道で食べていけたらな、と思っている。

人前で、芸をするのが、どうしようもなく好きなんだよな」と滝彦が言うので、

「勉強が一段落したら、北海県にも行ってみたいね。

そしていつか、滝彦の劇も見てみたいしね……」と、俊一は応えていた。

三人はそれから、成美のバイクで二人乗りなどしながら、遊んでいた。

数日後、野球部で一緒だった村井が、交通事故で亡くなったという知らせが、野球部員

でクラスメートの道幸からあった。

ピッチャーだった村井は、中学時代、野球のほかに柔道もやっていて力が強く、俊一は、何度かトレーニングを兼ねて相撲を取ったりしたが、勝てなかった思い出があった。

俊一が退部したあと、村井も退部したと聞いていたが、上級生たちと車に乗ってスピードを出し過ぎて、車ごと道路から転落して亡くなったということだった。

過去を振り向いて、生きるもんじゃない、と言ってた村井……。

まだまだ若いのに、十七年で人生を終えてしまったなんて……。

俊一は、そう思い、たまらない気持ちになるのだった。

四

俊一は、昔の小さな日記帳を読んでいたら、中学時代がとても懐かしくなっていた。

そして夏休みの終わる頃、真子が引っ越しの時にくれた住所に、手紙を書いていた。

ある日、真子から返事が届いた。

―俊一、お手紙ありがとう。

お久しぶりのお手紙、とってもなつかしく、うれしかったわ。

勉強がんばっているようですね……。

こちらは、秋の陸上県大会新人戦にむけて、夏休み後半から、トレーニングづけの毎日です。

今度、私、女子陸上部のキャプテンに選ばれたんですよ。

俊一は、将来、世界を舞台に仕事をしたいと、手紙に書いていましたね。

私も将来は、運動部の体力をいかして、国際的な仕事をしてみたいな、と思い始めています。

お互いに、がんばりましょうね。

ハマナスの紅い花が、風に揺られていた牧瀬の浜に、また行ってみたいわ。

俊一たちと過ごした、牧瀬の浜やあの島の上から見た景色、一生忘れないと思います……。

良き友を持った幸福者より――

陽の沈む時間が、だいぶ早くなったある日のこと、俊一は牧瀬の実家に帰っていた。

そして、友たちとよく遊んだ砂浜を、ザックザックと歩きながら、過ぎ去った昔のことを思い出していた。

ああ、何と楽しく過ごした日々だったことか……。

あの時に、また、戻ることはできないんだね……。

感傷に浸っていた俊一は、ふとあの頃の仲間が今どうしているのか、気になり出していた。


休みが続く晩秋のある日、俊一は、遠くの街に住む真子に、会いに行くことにした。

始発列車に乗って、特急の止まる駅まで行き、そこで乗り換えての長い旅だった。

車窓から見える景色は、少しずつ緑が多くなっていくように感じられた。

列車がようやく、真子の住む高岡の駅に着き、待ち合わせの一階ロビー付近に行った。

だが、俊一は真子を見つけられずに、駅の構内や駅前辺りを一通り探して回った。

あれから二年近くが経つ……。

お互いがわからなくなってしまうほどに、変わってしまったんだろうか……。

そう思いながら、俊一は、しばらく街中を散策して歩いていた。

そして、帰りの時間がきて列車に乗ったのだった。

数日後、真子から手紙が届いていた。

―俊一、この間は、ごめんなさいね。

私、あの日バスに一つ乗り遅れ、三十分くらい遅く着いて、俊一を探したんですが、見つけられませんでした。

せっかく、遠くから訪ねて来てくれたのに、会えなくて申し訳なく、とても残念でした……。

こんな、身勝手でわがままな私を、どうか許してください……。―

手紙を読み終えた俊一は、真子に返事を書いた。

―僕もあの日、君に会えなくて、とても残念でした。

皆と楽しく過ごした昔のことが、懐かしくて会いに行ったんですが、過ぎたことは過ぎたこととして、これからの人生を大事にしていかなければね……。

真子も、あまり過去に引きずられないようにね……。

そして、これから誰かが、君を見守っていてくれるよう祈って、筆を置きます。

さようなら、お元気でね……。俊一―

五

高校生活もあと一年足らずとなり、俊一は、大学受験の勉強に励んでいたが、今でなければできないことや、今やっておかなければならないことにも、熱心に取り組んでいた。学校の友たちとも、機会があれば、将来のことなどを語り合ったり、ヘミングウェイ、ゲーテ、トルストイなどの文学や人生論などの本を、たとえ十分に理解できなくても、挑戦するつもりで読むようにしていた。

ある日、倫理社会の授業で、ギリシャ哲学について、高峰先生が

「ギリシャ哲学の祖タレスは、万物の根源は水である、と言っていた……」と、講義していた。

教科書のタレスの表情が、クラスメートの裕文には、どうしようもなく哲学的に思えたようで、

「先生、どうしてタレスは、垂れ目なんでしょうか？」と突然質問し、クラス中で笑い声が沸き起こっていた。

それから裕文は、哲学関係の本を読み始めて、何か哲学的な雰囲気が漂うようになっていった。

俊一は、裕文を牧瀬の実家に連れてゆき、浜辺を散歩しながら、人生などいろんなことについて話していた。

「海のそばで、いいところだね……。

これから、いろいろと考えながら、前に進んでいきたいと思う」

彼は、遠くに目をやりながら、そう言うのだった。


ある日、クラスメートの重徳《しげのり》が、中学の同級生だった司と、俊一と同じ中学だった亨が、隣の市の高校のクラスメートだということを知り、二人を俊一の部屋に連れてきた。

「俊一は、中学校時代よくがんばったと思うよ。

勉強も部活も、そして生徒会もね」

「亨も、勉強はよくやっていたね。

小学校の時は、ソフトボールのピッチャーだったしね」

「憶えていてくれて、感謝だね。

ありがとう」

俊一は、中学時代に亨と、あまり話をした記憶はなかったが、とてもなつかしく、お互いに今考えていることや、これからのことなどについて、率直に話し込んでいた。

初夏のある日、重徳が中心となり、同じクラスの晃子や真紀、絵里子も加わり、野外でバレーボールなどをして、汗を流し遊んでいた。

冷たいドリンクを飲みながら、

「みんな、勉強だけじゃなくて、スポーツセンスも、なかなかいいわね」と、陸上選手でもある晃子が言うと、

「でも、矢吹君って、温かい人なのね」と、真紀が言うので、

「僕、自分は意外とクールな人間だと思うけどね……。

でも、ありがとうね」

俊一は、そう応えるのだった。

そして、これからの夢や希望話などに、話が弾んでいった。

六

だいぶ暑くなり始めた頃、夏の甲子園出場をかけた県野球大会が開催されていた。

俊一たちが退部してから、津原高校野球部は、尾山監督や村長と呼ばれていたクラスメートの柴谷を中心に強くなりはじめ、もはや一回戦ボーイではなかった。

ピッチャーは、エース磯崎のほか、成川や佐山がいて、バッターには強打でキャプテンの柴谷が控えていた。

俊一は、博之を誘い、かつて一緒に夢を追った仲間の応援にと、球場に足を運んでいたが、津原高校は、一回戦、二回戦と大差で連勝していた。

三回戦の対戦相手は、青海高校であったが、青海高のキャプテンは、俊一たちのかつてのチームメイト慶一だった。

試合は、エース同士の投げ合いで点が入らず、延長戦に入っていった。

十回の裏、相手チームの三番バッター慶一が、ライトフェンス越えのホームランを放ち、津原高校は敗れた。

「今日は、慶一に負けたという感じだね……。

でも、よくあそこまで、進化できたと思うね」

「そうだね……。

でも、かつての仲間として、なんだかうれしいね。

われらも、がんばろうぜ」

試合後、博之と俊一は、そのような会話を交わしていた。

その後、青海高校は、勝ち進み県大会で優勝し、甲子園出場を果たしたのだった。

街の周りに広がる田園の稲穂が色づき始めた頃、俊一のクラスメートたちは、それぞれの夢や希望を叶えるため、進路選びや受験準備にと、忙しい日々を送っていた。

そんなある日、重徳から俊一に手紙がきていた。

―俊一、受験勉強は、順調にいっているか。

俺は、工学部に入って、エンジニアになりたいと思っていたんだが、色弱でな。

この間、大学から返事がきて、入学は許可しません、ということだった。

光は遠くへ去って行って、もう俺は、夢を見ることができない。光さえ見させてくれない……。

こんな訳だが、俊一には、夢に向かってがんばってほしい。―

俊一は、だんだんと重徳が可哀想になり、慰めの手紙を書いていたが、なかなか出せずにいた。

そして、クラスで重徳に会った俊一は
「重徳、まだまだ、いろんな道があると思うよ……。

俺たち、まだ若いし、お互い人生これからだと思うよ……」と言葉をかけるのが、精一杯だった。

ある日のこと、博之から俊一あてに、手紙が届いていた。
—俊一、勉強がんばっているか。
俺も今、私立大学の理学部を目指して、受験勉強に励んでいるよ。
ただ、自活しなければならないので、夜間部にしようと思っているけど……。
お互い、この世に生まれてきたからには、後悔のないように生きないとね。
この間、汽車で下宿に帰るときに、思いがけない出会いがあってね。
少し感傷的になって、詩を書いてみたので、送ります。

楽しく過ごした時が終わり、一人たたずむところは、
昼下がりの陽だまりと、呑気そうなそよ風がいい……。
なま暖かい空気に包まれて、まどろむ夢は、
あれは恋人の、
いまにもこわれそうな、微笑みだったかしら……。—

第六章　迷　い

一

舟木博之は、高校一年生の秋の新人戦後に練習で肩を痛め、思うようにボールを投げれなくなったので野球部を退部し、二年生になって読書に明け暮れる日々を送っていた。

これから、何を目的に生きていったらよいのか、そもそも人生、生きるとはどういうことなのか、答えとまではいかないまでも、何か確かな手ごたえのようなものをつかみたいと思い、世界の文学書やサルトルなど哲学関係の本も読みあさっていた。

学校から、下宿部屋に帰ると、共同の炊事場で簡単な夕食を準備し食べた後、二、三時間仮眠し起きて、ほとんど午前二時三時頃まで、学校の勉強や読書で過ごす日々が続いていた。

月に一冊送られてくるロシア文学全集を注文していて、ドストエフスキーの『罪と罰』や、ツルゲーネフ、トルストイなどの作品を読み、何か圧倒されるものを感じていた。

百年以上前に書かれた小説なのに、その人間描写や情景描写などのすごさに、驚いていたのである。

舟木の部屋に、一年生の時クラスメートだった大崎が、訪ねてくることがあった。

大崎は、髪が肩につくくらいの長髪で、隣の市の公会堂でよくフォークソングを歌っていた。

大崎が、夜中の十時頃に現れて、

「今、あの唄はもう唄わないのですか、を歌ってきたんだけどね……。

何か、食べるものはある？」と言うので、

「ああ、そう……。

ご飯と味噌くらいならあるよ」と応えると、

「うん、それでいい」と言って、美味しそうに食べるのだった。

舟木は、大崎の個性的なところ、型にはまらない態度や考え方に好感を持っていた。

また、舟木は近頃、高校生がどうして制服を着なければならないのか、疑問を持つようになっていた。

ある日の夜、舟木は制服廃止運動をしようと思い立ち、矢吹の部屋を訪ねた。

部屋に入るなり、舟木は言った。

「我々高校生は、個々人の能力や才能を伸ばす教育を受ける時期で、そのためには、個性や多様性を重んじることが大切ではないかな。

制服を着せて一つの型にはめるというのは、何かおかしいと思うが、どう思う？」

「考えてみれば、そうだね。

アメリカの高校は制服がないというし、日本でも、制服のない高校があるらしいね。

まずは生活指導の竹山先生に話してみようか」

「了解、じゃ明日にでも行こうか」

「オーケー、そうしよう」

二

翌日の放課後、舟木と矢吹は職員室にいる竹山先生を訪ねた。

「先生、どうして高校生は、制服を着なければならないんでしょうか。

一人ひとりの能力や才能を伸ばすには、制服を着せて一つの型にはめるのではなく、自由で多様性に富んだ発想が自然とできるように、制服をなくしたほうが良いと思い、来ました」

「……君たちの言いたいことはわかるが、本校には本校の伝統がある。

また、一定の規律やルールを守るということは、社会生活上重要なことであるし、着るものが高校生らしくない華美なものにならないためにも、制服着用の意味はあると思う。

今、君たちのしなければならないのは、外見がどうのこうのなどではなく、まずは勉学に励むことではないかね」と、竹山先生には動じる気配はなかった。

近くにいた先生たちも、舟木たちとのやり取りを聞いて、竹山先生の言うとおりだね、と言うのだった。

職員室を出たあと、矢吹は言った。

「昔の人なんだね、ここは考えが固い人がほとんどかもね」

「ま、機会があったら、また、いろんなところで話してみるよ。

今日は、サンキューね」

舟木は、理想とあっさり退けられた現実のはざまにいるような、何かそんな感覚に覆われていたのであった。

第六章　迷い

矢吹は、二年生になってからクラスを代表して、生徒会の風紀委員になっていた。

風紀委員長は、一級上の女子剣道部主将の神川だった。

目に気合いが入っていて、睨まれたら身体が動かなくなってしまう、と思うほどであった。

ある日の委員会で、神川が
「矢吹君、君のクラスの大崎君、髪が肩に届くほど長く、高校生らしくないね。

あれで良いと思う？

何とかできないかね」と言った。

ちょっと考えて、矢吹は答えた。

「あれは大崎の個性であり、自己表現だと思う。

もし、彼に普通の高校生の格好をさせたら、彼の個性は消えてなくなり、伸びるはずの才能も、失われていくと思う……。

彼は、あのままの彼で良いと思う」

それを聞いて神川は、しばらく矢吹を見つめていたが、さらに発言はなく、次の議題に移っていった。

矢吹は、一年の時から大崎と同じクラスで、よく話をしていて、彼が将来どんな生き方をするのか、楽しみに思っていたのだった。

三

舟木たちの高校生活最後の夏も、もうすぐ終わろうとしていた。

友たちと楽しく過ごした海辺の賑わいも無くなり、空を飛んで行くカモメたちも、心なしか悲しげに鳴いているようであった。

舟木は、高校のある街の下宿に帰るため、停車場まで来て、買うものを思い出し、よく行く手前の店に入った。

店の上がり場では、店のおばさんと見知らぬ娘が、何か楽しそうに話していた。

「歯ブラシと石鹸ください」

「は～い……。」

今下宿に帰るのかい？」

「あー、そうです……」

舟木は、おばさんと言葉を交わしながらも、そばにいた娘が少し気になっていた。

しばらくすると、おばさんに頼まれたのか、その娘が停車場に走って行って、灯りをつけていた。

間もなく列車が来たので、舟木は、いつものようにそれに乗り込んだ。

空いている四人掛けの席に座ろうとすると、先ほどの娘が、少し息を切らしながら来て言った。

「ここの席、空いていますか？」

「うん、空いているよ」

「ありがとう……。

高校生ですか？」

「うん、君は？」

「高一、恩田佳子といいます。

あなたは？」

「高三で、名前は舟木博之……。

一人で旅行ですか？」

「ええ、休みが続くから、旅行に来たの……。

さっきの駅の下の海がとてもきれいで、砂浜で遊んでいるうちに、最終になってしまったの」

「そう、海がきれいでしょ。

君の住んでいる町はどこ?」

「お隣の県の白鴎町、田んぼと山に囲まれた町よ。

昼は准看の学校に通い、夜は定時制に行っています。

ですから、高校生活はあと三年半もあるのよ。

舟木さんは、来年就職ですか?」

「できれば、大学に行こうと思っている。

ところで、今日どこに泊まる予定?」

「まだ決めていないの。

舟木さんの下宿のある街で、どこか良い宿を紹介してくれませんか?」

「……うん、わかった」

二人は、ずっと昔から友だちだったかのように、思いつくまま、いろんなことを話していた。

四

一時間半の旅の後、列車が舟木の下宿のある街、津原の駅に着いた時には、陽は既に沈みかけていた。

駅を出て、なだらかな道を下って行く途中に、小さな旅館があった。

二人は、空いている部屋があるかどうか尋ねたが、あいにくいっぱいだということだった。

二人はもう少し歩くうちに、このまま別れたくないと思い始めていた。

「もし良かったら、僕が部屋を借りている大家さんに、空き部屋があるかどうか聞いてみてもいいよ。

一晩ぐらいだったら、使わせてくれると思う」

舟木が、そう切り出したら、

「わかったわ。

舟木さんを信じているわ」

佳子は、笑いながらそう言うのだった。

二人は、近くの店で出来合いの食べ物を買い、下宿に向かった。

舟木の借りていた下宿は、駅から歩いて二十分ほどのところにあり、賄い無しの部屋貸しで、自炊用の台所は共同だった。

大家さんに、空き部屋があるかどうか尋ねたが、無いと言われ、

「しょうがないね……。

僕の部屋に冬用の布団もあるし、良かったら、泊まっていっていいよ……」

困ったように、そう言う舟木に、

「いいわ……。

泊めてくれて、ありがとう」と、佳子は応えるのだった。


舟木の部屋に入った二人は、成り行きが信じられないという顔で、お互いを見合っていたが、佳子が、さっき夕食に買った弁当を紙袋から取り出し、

「お腹空かない？

一緒に食べましょうよ」と言った。

舟木は、食べながら、佳子の様子を時々覗っていた。

まだあどけなさが残るが、端正な顔立ちだと思った。

「私、人を笑わせるのが、得意なのよ」

「へえ、例えば……」

「首が横に動くのよ、どうお？」

「あー、面白い」

舟木は、思わず笑った。

「舟木さんは、何が得意ですか？」

「スポーツで言えば、野球かな。

これでも中学時代は、エースで鳴らしたんだぜ。

高校に入り肩を痛めてやめたけど……」

佳子は、舟木のどことなく憂いの漂う表情の中に、伸びやかなエースの姿を見ていた。

「目の前で、舟木さんが投げているのを、見たかったわ……。

勉強は、何が好きですか？」

机の上に立てかけてある本に、目をやりながら、佳子は訊ねた。

「中学時代は、数学が好きだったんだけど、今は古典かな。

この間、満点を取ったんだ」

「すごいわね」

舟木は、佳子に、額田王の歌や徒然草の一節を、諳んじて聞かせた。

「古典の辞典が一つ余っているんだけど……、これいらない？」

「いいわ……、そこまでしてもらったら、悪いもの」

二人はまた、お互いの学校のことや、佳子の病院のこと、これからの夢などについて、話し込んでいた。


気が付くと、時計はもう十一時を回っていた。

「もう遅いね。明日の予定は？」

「せっかくの旅だから、半島の先の岬を見たいと思っているの」

「じゃ、僕が案内するよ」

「あ、ありがとう」

佳子にとっても、そして舟木にとっても、その日は長く心地の良い、現実とは思われないような一日だった。

五

夜半に雨が強く降っていたこともあって、翌朝、二人はまだ暗いうちに目が覚めた。

昨夜の残りのパンを食べて、支度を終えた二人は下宿を出た。

駅に着く頃には、眩しい朝日が昇り始めていた。

半島の先の岬に行くには、県庁のある街まで列車で行き、そこからバスで行かなければならなかった。

二人は列車に乗って、遠くまで広がる田園や家々を眺めながら、植えられている作物や、人々の生活のことなどを話していた。

乗り換えもあり二時間ほどの旅の後、二人は県庁のある街の駅に着いた。

そして、バスターミナルまで行ったら、昨夜の雨で道が壊れ、バスは不通だということだった。

「しょうがないわね……、この次ね。

今日はこの街を散歩して、帰ろうと思うの」

「うん、あんまり詳しくないけど、その辺を案内するよ」

舟木は、中学のバス遠足で見た県庁を思い出し、記憶を辿りながら、県庁の横の通りまで来ていた。

「なんか雰囲気が違うわね……。

でも、舟木さんには、合ってるかもね」

佳子はそう言い、笑いながら舟木を見た。

「ありがとう、光栄です」

舟木も微笑みながら、そう応えるのだった。


紅く色づき始めた遠くの山並みに目をやりながら、青く高く澄んだ空の下を、二人は、駅に向かって歩いていた。

「お腹空かない？」

「ええ、空いたわ」

「まだ時間があるから、そこのソバ屋で食べて行こう」

「うん」

店に入り、二人は入口近くの席に座った。

「シナソバが、美味しそうだよ」

「シナソバって、ラーメンのこと？」

「うん、そうだよ」

「私、それにするわ」

「じゃ、僕もそれにしよう」

二人は、出てきたシナソバを、音を立てながら、すすり食べていた。

「美味しいわね」

「うん、そうだね」

ようやく満腹感にみたされて、二人はとても幸せだった。


佳子が帰る列車の時間が近づき、二人は、そのソバ屋をずっと記憶にとどめたいかのように、何度も振り返りながら、駅の方に向かっていた。

駅に着いて、改札を通りホームに行ったら、やがて列車が入って来るのが見えて、二人は別れの言葉を探した。

「とっても、楽しかったよ。

お元気でね……」

「いろいろと、ありがとう……。

舟木さんも、お元気で……。

「それじゃ、さようなら……」

「うん、さようなら……」

出発の時間がきて、車窓からかすかに微笑む佳子を乗せて、列車は静かに遠くへと去って行った。

六

高三の秋、矢吹は、受験勉強をしながらも、トルストイの『戦争と平和』を読むことのほうが、今大事なことと思い、ひと月ほどかけて読み終えていた。

一九七四年の年が明けて、教室の後ろの掲示板には、卒業までの日数をカウントする日にちが、掲示されていた。

矢吹は、三月には大学受験が控えていたが、受験日が高校卒業式の日にあたり、友たちと最後の日を共にすることができなかった。

後日学校に行って、担任の斎藤先生から卒業証書を受け取った。

大学受験当日には、社会人になっていた従兄弟の勝治と賢が、試験会場まで車で送ってくれたが、会場の様子や雰囲気に少し圧倒されながら、矢吹は試験を受けていた。

数日後、合格発表があったが、結果は不合格であった。

そして矢吹は、三月下旬に上京し、来年の大学受験に備えて、新聞配達のアルバイトをしながら、浪人生活を送ることになった。

アルバイトを始めた新聞販売店には、浪人生や専門学校生、大学生など十名ほどがいた。

矢吹は、バイトを始めて一週間ほどで、アキレス腱に痛みを感じ、すぐ近くの保健所に行ったら、

「これは、アキレス腱の腱しょう炎だね。典型的な運動不足によるものだね」と診断されたのだった。

ようやく腱しょう炎から回復し、矢吹は、奨学生として予備校に通わせてもらいながら、同僚の浪人生佐藤などと、語り合い刺激し合いながら、受験勉強に励んでいた。

また、野球部でキャプテンだった柴谷から電話があり、新宿駅前で待ち合わせをし、近くで飲むことになった。

「浪人に、声をかけてくれて、ありがとう。

でも、人生一回だから、自分を試してみたいと思っているんだ……」

「矢吹、がんばれよ。

みんなで、応援しているからね。

矢吹が、俺たちの目標になってくれたら、とってもいいと思うよ……」

大学で土木工学を学び始めていた柴谷の言葉に、矢吹は、とても励まされた思いであった。

それから、思いがけず父の寛一が上京し、販売店長にあいさつに来たこともあった。


そんなある日、クラスメートの絵里子から、手紙が届いていた。

—矢吹君、こんにちは。

先日、重徳から、矢吹君がバイトしていて、体調が良くないようだと聞きましたが、もう回復しましたか。みんな気にしていますよ。

私は、今、保母の資格を取るため、北陽市で保育専門学院に通っています。

合唱団にも入ったので、発表会もあり、学院の試験にと、とても騒々しい毎日が続いています。

この間、真紀ちゃんに会ったら、矢吹君どうしているかしらね、と言っていたので、元気ですよきっと、と言ってやりましたけど……。

矢吹君どうですか、勉強のほうも順調ですか。目標があるから、きっと大丈夫ですよね。私は、ときどき、人は他人から完全には理解されない、結局は孤独なんだと思うと、何もかも、投げ出したくなったりします。

分裂気味で、だめですよね……。

矢吹君を見習って、もう少ししっかりしないとね。

矢吹君、がんばって下さいね。—

読み終えて、矢吹は、友の心づかいがただうれしくて、涙ぐんでいたのであった。

矢吹は、絵里子にお礼の手紙を書いて送り、さらに軽快に、新聞の配達にと駆けて行ったのだった。

第七章　放浪

一

矢吹が、夕刊の配達を終え部屋に帰ると、舟木から手紙が届いていた。


―俊一、彩京大学教養学部合格おめでとう。

正直言って流石だと思っている。

彩京大学教養学部と言えば、全国でもトップグループの学部じゃないか。

決してブランクでない、浪人三年間の君の蓄積した力を爆発させる、「場」にしてほしい。

教養学部ということが、最も優先させるべきことだったら、それゆえのこだわりだったら、君がこれからやろうとしていることの、致命的な障害にはならないはずだ。

君は自分をひどくいじめているようだが、僕は君を尊敬する。今さらに君は強い人間だと思う。

そしてある意味で、本当の君の姿は、これからなんじゃないかなと思ったりする……。少なからず期待している。何をしでかすか、楽しみにしているよ。―

矢吹は、舟木の素直な気持ちがうれしかったが、舟木の置かれた状況を考えると、気掛かりでしょうがなかった。

舟木が、人一倍感受性が強いがために、受験勉強の意味に悩み、人間について、人生について、周りの誰よりも悩んでいたことを、矢吹は知っていた。

舟木は、高校時代に読書に明け暮れ、高校卒業後一年浪人し、私立大学の夜間部に入学したが、理論物理学を勉強したいと思っていたこと、また、自活しなければならない境遇だったために、休学中であった。

舟木は、都会の夜の電車の中で、窓に映る自分の顔と、夜景が重なり合うのを見ながら、二年半前のあの日のことを思い出していた。

二

あの時君は、これが最後かも知れないという思いで、遠くの街から俺に会いに来てくれた。

浪人してバイト中の俺を思う、精一杯の気持ちで……。

—舟木さん、お盆に帰ってきたら、会いたいと思っていました。

舟木さんとのあんな出会い、めったにあるもんじゃない、と思っています……。

私、最近少し貧血気味で、倒れたりしたこともあったんですよ。

ドクターが言うには、ハードスケジュールのせいだそうです。

私のようなお荷物が転がり込んでも、邪魔になどしないで、どうか街中を引っ張り回してください。

始発の五時四十分の汽車に乗って、会いに行く私を、どうかわかってください。—

俺たちは、夏の暑さも少し薄らいできたあの日、初めて出会ったあの停車場で再会した。

「貧血気味だと手紙に書いてあったけど、元気そうだね」

「少しふっくらしたでしょ。

夏バテしないよう、モリモリ食べているんだから」

二人は、夏の白い砂浜を歩きながら、これまであったことなどを話していた。

波打ち際で、寄せては返す波を追いかけて、遊びながら……。

海水浴場の更衣室を見つけて、そこで着替えて出てきた君は、首を真横に動かして見せて、俺を笑わせた。

俺たちは、少し歩き、岩場の向こうの浅瀬の続く海で、手足を伸ばして思いっきり泳いだ……。

君の力の入った泳ぎに、俺は思わず感心していた……。

やがて、泳ぎ疲れて、砂浜にもどり腰を下ろし、水平線の彼方を行く船を見つけて喜んだり、砂に何かを書いては消しながら、とめどなく話していた。

「最近読んだ本で、何か良かったのはありますか？」

「少し前に読んだんだが、風に吹かれて、とか、カモメのジョナサン、面白かったね」

「ああ、そうですか……。

舟木さんは、何歳くらいで結婚したいですか？」

「まだ、あまり考えたことないけど……。

そうだね、三十六歳ぐらいかな」

君が、フーッと息を止めた時、俺は思わず口ごもった。

俺は、時々耳を澄まして、君の心の囁きを聞こうとしていた。

「……バイトしながらの受験勉強、大変ですね。

でも、舟木さんだったら、きっと来春大学に受かると、信じているわ。

がんばってくださいね」

俺が、君のために、渋谷から買ってきたペンダントをあげたら、君はとても喜んで、首に掛けようとしたが、掛からなかった。

俺が、掛けてやった。


夕方、君が帰る列車の時刻が近づいてきて、俺たちは駅までの道を、お互いの顔を時々見つめ合いながら、歩いて行った。

「ここで、このまま時間が止まってくれたら、いいのにね……」

二人は、同じようなことを言った。

やがて列車が来て、君が列車の中に乗り込んでいった。

ドアのところで微笑みながら、何かを言おうとしていた。

そして、元気よく手を振る君を乗せたまま、列車は遠くへと走り去って行った。

一年前の夏の終わりに、十五と十八の若者が出会い、そしてただ一度だけの再会で終わってしまったのに、なんて輝いていたことだろう。

定時制二年生で、昼は看護学校に通っていた君、あの時はお互いにまだ若く、一人前になるまでの長い道のりを思い、舟木は、あれから二、三通しか手紙を書いていなかった。

三

舟木は、長い放浪の旅に出ることにした。

二年間在籍した大学に退学届を出して東京を引き払い、ちょっとした荷物と手紙を故郷の母宛てに送り、何冊かの愛読の本をリュックに詰め、何のために、どう生きるのか、自分は何者か、自らに問う旅に出たのである。

舟木は思った。

華々しく飛翔することが青春なら、鉛のように重く沈み込んでしまうのも、青春なのかもしれないと……。

ああ、俺は、何一つ本当の本来的な自由と思想を手に入れていない。

本当の自由と思想は、体制側の与えた価値体系の遥か彼方で、俺をせせら笑っていると……。

一九七七年の春、舟木は、ロシアのナホトカに向かうため、出国手続きを終えて、定期船が就航する港の桟橋を渡っていた。

前年に、ウラジオストクからミグ－25が飛来し、函館空港に着陸するという事件があったことを思い出したが、遠くに目をやると、シベリアに帰る準備をしているらしい白鳥たちと、大型の黒っぽい船体の客船が見えていた。

あの白鳥たちと、同じような運命を生きているのかもしれないな……。

舟木はいつしか、そのような思いに浸っていたのであった。

北の明るい空に向かって進んでいく船旅は、舟木には、これまでの人生や、これから遭遇するであろう世界に、思いをめぐらせる良い時間となっていた。

数日後、ナホトカの静かな入江に入っていく船上から、舟木は、絵のような山々や港の景色に見とれていた。

そして、なぜかとても懐かしいと、感じていたのであった……。

もしかしたら、遠い昔、御先祖様が日本に渡って来る遥か前に、長い間暮らし見ていた風景も、このようなものだったのかもしれないな、舟木はそう思い始めていた。

舟木は、下船し入国後、海沿いや街中を、人々の生活の様子なども見ながら、散策してまわり、小さなホテルにたどり着いて一泊したのだった。

翌日、ナホトカ駅まで行って列車に乗り、ウラジオストクへと向かった。

車内には、白系ロシア人の他に、アジア系と思われる様々な装いの人たちが、乗車していた。

中には、日本人ではないかと思われるような人たちもいたが、話す言葉はロシア語のようであった。

四

白鴎町で看護学校に通っていた恩田佳子は、一九七六年三月、准看の課程を終えて、本格的な病院勤務の準備をしていた。

夜はまだ、定時制に通っていたが、昼は総合病院の外科で勤務することになっていた。

外科の担当医師は、医師研修を終えて、今年配属になったということであった。

外科での勤務初日、佳子は、担当医師にあいさつに行った。

「准看護師の恩田佳子と申します……。

よろしくお願いいたします」

「医師の高橋健です。

こちらこそ、よろしくお願いしますね」

高橋医師の顔の右半分には、大きな黒いあざがあり、佳子はつい眼がいっていたのだった。

あいさつを交わしながらも、何か二人には、お互いに深く興味を感じるものがあったようであった。

北国の遅い春とともに、白鴎町にも観桜会シーズンがおとずれていた。

かつて武家屋敷のあった通りは、公園へと続く桜並木となっていて、辺り一帯が桜色に染まっていた。

佳子の職場でも、当直を残しながら、つかの間の桜を観ながらの交流会が、公園内で開かれていた。

「とても、きれいですね、今年の桜……」

「うん、そうだね……。

恩田さん、お仕事がんばってますね」

「それほどでもないです……。

先生は、どうしてお医者様になられたんですか？」

「高校生の頃、顔に腫瘍ができてね……。

何とか高校は卒業できたが、治療に三年ぐらいかかったかな。

それからだね、人の命を救える医者になりたいと、思い始めたのは……」

「ああ、そうですか……。

それは、とても大変だったんですね」

佳子は、高橋の言葉の中に、何か深い孤独に似たものを感じていた。

それから、病院では多忙な日々が続いていたが、高橋と佳子の心の中に、お互いが住み始めたような日々と、なっていったようであった。

やがて一年が過ぎて、佳子は定時制高校を卒業したのであった。

五

舟木がロシアの地を踏んでから、ひと月ほどが経とうとしていた。

ウラジオストクやハバロフスクなどで、安宿に泊まり街を探索したりしていたが、そのうち宿での荷物運びなどを手伝うようになり、ロシア人にも少しずつ慣れていったのだった。

舟木は、シベリアの大平原を自分の目で見てみたいと思い、列車に乗り込んだ。

白樺林や牧草地、ジャガイモ畑などのような大地が、遥か地平線の彼方まで広がっているのに見とれて、旅をしていたが、舟木はある駅で列車を降りた。

駅前の通りには、レストランなどの店や、ホテルなどの宿泊施設が、何軒か立ち並んでいた。

街を行く人々は、肌は少し白いが顔立ちが日本人にも似た、アジア系の人たちが多いように思われた。

舟木は、街はずれまで歩いて行って、近くにあった小ぎれいなレストランに入った。

これまでに覚えた簡単なロシア語で少し話して、メニューの絵などを見ながら食べ物を注文したのだった。

舟木が食事をしている間、奥の方からオーナーらしき人が、舟木を見ていた。

しばらくして、舟木のそばに来て、片言の英語で話しかけてきた。

「ハロー……、どこから来たんだい？」

「……日本から来ました」

「……何をしに？」

「ロシアと自分を知るための、旅をしています」

「ああ、そうか……。

それじゃ、ここでしばらく働いてみたらどうかな。

この国のことが、少しずつわかるようになると思うよ」

「……ありがとう。

それでは……、よろしくお願いします」

舟木は、突然の提案に驚きながらも、何故かとてもうれしかった。

やがて、レストランで働いていたウラジーミルが、同年代の舟木に興味を持ちはじめ、
ロシアなどについて、英語を交えながら舟木に話してくれていた。

「舟木は、何も言われなくても、よく働くね……。

日本人は、皆、そうなんですかね？」

「僕は、働いて大学に行っていたので、そういうところがあるかも知れない……。でも一般に、日本は文化的に均一で、勤勉な人が多いと思うけどね」

「ロシアは今、ソ連という社会主義国だが、様々な民族からできている国で、それぞれの文化や歴史を持っている……。だから、お互いが違っていて、計算高いところもあると思うよ」

「でも、これまでのロシアの歴史、歴史に登場してきた人物の中には、凄い人が多いね……。それを生み出してきた、この広い大地や人々のことを、もっと知りたいと思っているけどね」

舟木には、ウラジーミルとの会話が、楽しみのひと時となっていった。

そして、シベリアの街で酷寒の季節も体験し、人生修行とも言える日々も一年が過ぎて、舟木は、ロシアの文化や習慣を少しずつ理解しながら、ロシア料理やロシア語も、少しはできるようになっていた……。

やがて、舟木は、ウラジーミルたちに、後ろ髪を引かれるような思いで、別れを告げて、放浪の旅を続けたのだった。

六

モスクワに行き、様々な文学や歴史的にゆかりのある場所を訪ね歩いて、数日間過ごしてから、舟木は、夜行列車に乗って、サンクトペテルブルクに向かった。

サンクトペテルブルクは、十八世紀初めピョートル大帝が築き、ロシアの首都であったこともある街だが、舟木には、ドストエフスキーの『罪と罰』の舞台となった街が、百年以上経った今どのようになっているのか、肌で体験したいという思いがあった。

列車には、観光客に加えて、いろいろな階層の一般のロシア人と思われる人たちが乗車していて、仕事や用事で移動に使っているようであった。

舟木が、四人用のコンパートメントに入ったら、同年代かなと思われる男性が着座していた。

「こんにちは……。

日本人の舟木と言います。

ロシアの方ですか？」

「ええ、ロシア人です……。

ミハイルと言います。

サンクトペテルブルクの大学に通っています……。

旅行中ですか？」

「一年以上前に、ロシアに来て、放浪の旅を続けています……。

罪と罰が書かれた街が、今どのようになっているのか、見てみたくてこちらに来たんです……」

「そうですか……。

もともとサンクトペテルブルクは、近代的な街で、罪と罰のストーリーとは、だいぶ印象が違うかも知れませんね……。

でも、昔から、いろんなところから、いろんな人間が来て、住み着いた街なので、面白いと思いますよ」

「面白そうですね……。

ますます興味がわいてきました」

「着いたら、街を案内しましょうか？」

「ああ、そうですか。

ありがとう、よろしくお願いします……」

二人は、旧知の間柄のように会話が弾んで、時間が過ぎてゆき、そのうちに深い眠りに落ちていった。

翌朝、列車が駅に到着する少し前に、二人は目覚め、買ってあった食べ物を食べて、駅に降り立った。

舟木は、ネフスキー大通りから、だいぶ奥に入ったところにある、ミハイルのアパートについて行った。

少し休んだ後、二人は街中の散策にと、出かけて行った。

ドストエフスキーが『罪と罰』を執筆したアパートや、ラスコーリニコフのアパート、舞台となった広場などを見て回ったが、開放的な港町、壮大な文化芸術の街といったところだった。

百年以上前も、それほど変わっていないのではないかな……。

このような街だからこそ、貧しい人々も正義が得られるよう、老婆殺人という罪を犯すストーリーが書かれたのかな、と舟木は思い始めていた。

「今、夜に居酒屋でアルバイトをやっているんだが、良かったら、舟木もやってみないか？

店長に、話してもいいよ」

ミハイルが、そう言うので、

「ありがとう、ミハイル、よろしく頼みます……」と、舟木は応えるのだった。

こうして、舟木は、ミハイルのアパートに居候しながら、学生や労働者相手の夜の居酒屋で働き始めた。

店には、時々ミハイルの大学の友だちなどが来て、盛り上がっていた。

その中の一人ソーニャが、舟木に興味を持ったようで話しかけてきた。

「日本から来てのアルバイト、大変ですね。

この街には、いろんな人が、いろんなことをして、住んでいるのよ……」

「そのようですね……。

でも、それを少しでも、分かるようになれたら、と思っています」

「そう思っていただいて、うれしいわ……。

がんばってくださいね……」

ソーニャとの出会いが、舟木にはロシアでの新しい体験となっていった。

舟木は、人間の本質はロシアも変わらないな、言葉や文化の違いは身体を包んでいる衣服みたいなものだな……と、次第にそのような思いを持つようになっていた。

そして、ミハイルたちとの家族のような生活も数カ月が過ぎて、舟木は、また新たな旅に出ることにした。

舟木は、ロシアからワルシャワ、ベルリンへ行き、それから北欧の冬の夜の吐く息の冷たさも体験し、シュトットガルト、ウィーンの森、スイスのレマン湖などを旅して、パリに辿り着いた。

そこでしばらく、ホテルのレストランなどで働いて、お金を貯めた後、ドゴール空港から、日本行きの飛行機に乗り、長い放浪の旅を終えたのであった。

七

舟木は、日本に帰国して、久しぶりに大牧瀬町へ帰った。

母の朋恵からは、「この親不孝者」と言われて、舟木は、素直に長い間の自分勝手を詫びた。

それから、長い旅であったことなどを話して、親子水入らずの時が流れていったのだった。

舟木は、ふと、白鴎町の恩田佳子のことを思い出し、手紙を書いてみた。

―お久しぶりです。お元気でお過ごしですか。

実は、僕は、ここ二年ほどロシアなどを放浪していて、この間、日本に帰ってきたところです……。

世界のいろんな場所や、人々を見ることができて、とても良い人生経験になったと思っています。

いつかまた、機会があれば、いろんなことをお話ししたいですね……。―

数日後、佳子から返事が届いた。

―懐かしいわ、舟木さん。

そして、牧瀬の浜……。紅いハマナスの実が、風に揺れていたわね。

楽しかった思い出として、残っています。心の中に。

ロシア放浪ですか……。それはすごいですね。

あの頃も、舟木さんは、日本に留まっているような人ではないと、思っていましたけどね。

実は私ね……、昨年の春に結婚したんですよ。相手は、同じ病院のドクターなんですけどね。

二十歳まで待ってくれて、それでも少し早いと思ったんですが、今はそれで良かったと思っています。

舟木さんと出会ったような、自由な独り旅はできなくなりましたけどね……。

夜空の星がとてもきれいです。聞こえてくる虫の音に、もう秋を感じています。

舟木さんも、早く幸せになってくださいい……。—

—お手紙、ありがとう。

そして、ご結婚おめでとうございます。

君と人生を共にする人と、これから最高に幸せになってくださいね……。

遠くから、祈っています……。—

舟木は、返事を書きながら、五年という歳月の流れを、感じぜずにはいられなかった。


舟木は、佳子への返事を書いてしばらくして、初めて会った時に一緒に行くはずだった、半島の岬をまわる旅に出かけた。

県庁のある街まで列車で行き、そこからバスに乗っての旅だった。

秋の澄んだ空気の中、田園をしばらく走っていくと、目の前に紺ぺきの海が現れた。

所々に切り立った岩壁と、白波も見えていた。

車窓からは、薄いもやに浮かぶように、対岸の半島が見えていた。

舟木は、ふと、サンクトペテルブルクの岬から見た景色と、重ね合わせていた。

そして、バスが進むにつれて、それも水平線の彼方遠くに、少しずつ霞んでゆき、やがて、見えなくなっていったのだった……。

舟木は、思った。

ああ、時はあの景色のように、遠くへと過ぎ去って行ってしまったんだね……。

これから、また、新しい人生を歩いていかないとね……。

第八章　新しい世界

一

　矢吹は、新聞配達のアルバイトをしながら、自活して大学に通っていた。浪人が長かったことや、弟の正次や良明も漁師で稼いでいたこともあり、実家にはあまり頼りたくないという思いがあった。

　教養学部の授業は、幅広い知識と専門性の高い知識の、双方を得ることを目標としていて、矢吹には、これからの自身の人間像の観点からも、納得のいくものであった。

　矢吹は、新聞販売店で、清原店長夫人が作ってくれる、美味しくて栄養のある食事をとりながら、店長の好意で、英字新聞を一部ただで読ませてもらったり、ＦＥＮ放送を毎日聞いたりして、英語に浸る日々を送っていた。

　また、大学二年から始まった専門コースのゼミでは、英文の論文・テキストを中心に授業が進められ、同期の高林や田山、明石などとともに、英語力が次第に付いていったのだった。

また、アルバイトで体力も十分に付いていたので、学部のコース対抗野球大会では、投打に活躍していた。

勉強が進むにつれて、矢吹は、国際安全保障の在り方に興味を持つようになり、卒業論文では、第一次世界大戦から第二次世界大戦に至る、ヨーロッパの国際安全保障体制をテーマとしていた。

国家が、自国の利益や野心、取引のために動くのではなく、世界の平和やより良き国際社会の実現のため、在るべき規範や道義、理想を進化させ、国際安全保障体制を構築していくべきではないか、と考えるようになっていた。


矢吹は、卒業が近づくにつれ、アメリカの大学院で政治学をもっと勉強してみたい、そう思い始めていた。

これまで、アルバイトで稼いだお金は、できるだけ貯金していたが、バイト先の同僚から、授業料の支払いのため、お金を貸してほしいと頼まれ、貸していて、その多くが返してもらえず、留学資金にはかなり不足した状態だった。

だが、アメリカの大学院の適性試験と英語力テストのスコア、恩師の高谷先生などからの推薦状をアメリカの大学に送り、複数の大学から入学許可の回答は得ていた。

矢吹が、大牧瀬町の実家に電話をして、大学の卒業のことやアメリカ留学のことなどを話したら、母が卒業式に出たいと言うので、一緒に出ることになった。

「お前、よくがんばったね……。

これから、アメリカの大学に行きたいんだって……。

父さんね、驚いていたよ」

卒業式を終えた後、母は、矢吹にそう言うのだった。


大学を卒業し、矢吹は暫くぶりに大牧瀬町に帰った。

矢吹が、留学の話をしたら、

「お前も人がいいの。

旅に出て金を貸すときは、金をくれてやると覚悟してやらねば、だめなんだよ。

せっかくアメリカの大学から、来てもいいと返事がきているんだったら、行ってこい。

留学の金は、何とかしてやるがら」と、父は言うのだった。

矢吹は、家で留学の準備をしながら、中学の同級生鉄也がやっていたバーバーカネタで散髪してもらい、これからのことや同級生のことなど話し込んでいた。

そして、母校の津原高校野球部が、甲子園出場をかけた県大会で優勝するという、試合を見ることができたのだった。

二

一九八一年の初夏を迎えた頃、矢吹は、大学時代の友人で韓国からの留学生朴さんなどに見送られて、初めて飛行機に乗り日本を発った。

サンフランシスコを経由し、シカゴ空港に降り立ち、聞き覚えのあるホテルの運転手の誘いに乗り、アメリカの地で初めての宿泊をしたのだった。

翌日、ホテルからシカゴ駅まで行き、列車に乗って大学のある街ブルーミントンに向かった。

列車は、遠くまで続く畑や草原、木々の間を走り抜けて行った。

そして、木々の葉の色が、なぜか日本よりも、黄緑がかって見えていた。

ブルーミントンに着いて、駅近くのホテルに泊まり、翌日、大学の事務局に行った。

留学生担当者から、秋学期が始まるまでのアパートを紹介され、鍋なども貸してもらって、そこで過ごすことになった。

少し涼しくなり、大学の秋学期が近づいた頃、矢吹は大学の国際寮に入った。寮では、韓国ソウル大卒のチェとルームメイトになり、韓国人学生の集まりやパーティに顔を出していたが、時には韓国人と間違えられることもあった。

一年前に起きた光州事件が話題になったり、矢吹にとっては、隣国の若者たちが何を考えているのかを知る、良い機会となっていた。

ある日、矢吹が図書館のラウンジで新聞を読んでいると、

「日本人ですか？

私はジョンといい、韓国人です。

兵隊に行くために韓国に帰っていて、二年ぶりでまた、この大学にもどって来たばかりなんです」と、流暢な日本語で話しかけられた。

父が外交官で、高校時代、日本にあるアメリカンスクールに通い、卒業後アメリカの大学に来たという彼は、それからいろいろと、矢吹に情報を提供してくれたのだった。

秋学期の授業が始まり、矢吹にとって全てが新鮮な体験であった。

修士号を得るには、履修科目の評価の平均が、合格評価AからDの中でB以上でなければならず、科目の受講開始から一定期間内だと、履修取り下げができること、評価の25％

がクラス参加度のため、前の席に座り、できるだけ多く質問や意見を言うことが、良い評価を得るコツであることなどが、矢吹には興味深く面白かった。

週末などには、大学の先生たちが大学院生を自宅に招き交流したり、国際寮のホールでは、週一回くらいのペースで、先生と院生共同によりゲストを基調スピーカーとして招いて、自由参加のグローバル・フォーラムが開かれたりしていた。

矢吹は、寮と政治学部棟、図書館、カフェテリアなどを往復する、勉強漬けの毎日を送っていたが、授業やいろんな人たちとの交流などにより、世界を見る目が広がり、物事を論理的に考え、議論する習慣が、少しは身に付いてきたかな、と感じていたのであった。


ある日、大牧瀬町で近所に住むイトおばさんから、手紙が届いていた。

―お元気で、がんばっているようですね。

俊一ちゃんに、お手紙を書こうと思っていましたが、アメリカの住所が書けず、この間、家に遊びに行ったとき、祐子ちゃんがいたので、書いてもらいました。

祐子ちゃん、来年高校生だそうですね。自分の歳を忘れて、ついトンチンカンな声を上げてしまいました……。

俊一ちゃんも、アメリカまで行って勉強するなんて、えらいですね……。

日本に帰ってくるとき、どんな人間になっているか、今からとても楽しみです。手紙と一緒に、五千円を入れて送りますので、これで何かからだにいいものでも、食べてくださいね。—

矢吹は、子供の頃から可愛がってもらった、イトさんの心遣いがとてもうれしかった。イトさんから、それからもう一度、五千円札入りのお手紙を頂いたのだった。

一年目の新鮮で、学業などに忙しい日々を送っているうちに、秋学期が終わり、冬休みに入り、矢吹は、寮で一緒だったユンが借りていたアパートの、内装ペインティングなどを手伝いながら、リも入れて三人で生活することになった。

英語の適性試験が、アメリカ人学生並みに良かったユンは、

「僕は、一度、英単語の意味を見たら、忘れるということはないね」と言うのだった。

三人は、クリスマスや新年などには、赤ワインなどを飲みながら、韓国や日本のことなどを語り合っていた。

年が明けた頃、中学の恩師笠谷先生から、

—外国で学問するという考え、行動力に感心しています……。

今までとは違った目で、日本を見ることができるような、スケールの大きな人間になっ

て帰って来ることでしょうね……。――との手紙が届いていて、矢吹は感激していた。

春学期が始まり、矢吹は国際寮にもどって、また勉強漬けの日々が始まったが、少し慣れてきたせいか、余裕が持てるようになっていた。

一年間の交換留学で来ていた学生にとっては、最後の学期ともなることから、寮内ではしばしば交流会が開かれていたが、矢吹もできるだけ参加するようにしていた。

そして、交流を通して、様々な国の人たちとの交友関係も、築いていったのであった。


やがて、春学期も終わり、夏休みを迎えていた。

夏休みには寮も閉まることから、矢吹は、リとパクとの三人でアパートを借り共同生活をしながら、サマースクールのゼミなどに出ていた。

寮で一緒だった沢田女史が、アメリカ人数人と一軒家を借りて住んでいたが、小田や矢吹をパーティに招いて、寿司まで作ってくれたりしていた。

また、矢吹の大学時代の友人の立崎が、一週間仕事の休みを取って、日本から矢吹を訪ねてきていたが、ルームメイトのリが、受講していたロバートソン学部長のゼミへの聴講の許可を得たということで、立崎はそのゼミに出ることになった。

「次は正規の留学で、授業に出てくれたら、うれしいね」

学部長がゼミのあと、聴講していた立崎に、そう言っていたということだった。

三

暑い日が続いた夏のある日、矢吹たちのアパートの部屋をノックする音がした。

アパートのオーナーが来ていて、部屋を見たいという人がいるので、見せてほしいとのことだった。

オーナーの後から、懐かしい感じのする人が入ってきた。

「初めまして……。

藍川と言います」

「……真子？」

「……俊一？」

「ああ……、お久しぶりだね、真子。

……でも、どうしてここに？」

「……私ね、留学でアメリカの大学に来て、秋学期からここで勉強するのよ。

本当に、お久しぶりね……」

「僕は、去年からここで勉強しているよ……。

じゃ、先輩になるのかな」

「そうね……。

それじゃ、先輩よろしくお願いします」

「うん、こちらこそ、よろしくお願いします」

二人は、とても信じられないという思いで、しばらく見つめ合っていた。

そして、オーナーを帰して、これまであったことなどを、思いつくままに語り合っていた。

空白になっていた、お互いの時間を埋めるかのように……。

二人は、真子の泊まっているホテルに向かいながら、キャンパス内のお城のような校舎の横を歩いていた。

「本当に、信じられないわね……」

「そうだね……。

あれから、高校の部活、どうだった?」

「ずっと百メートルを走っていたわ。

でも、キャプテンだったので、皆のまとめ役にエネルギーを使う方が、多かったけどね……。

俊一は？」

「……、高校二年からは、だいたい受験と読書に明け暮れた生活だったね」

夏休みの間、帰国をひかえた大川さんを囲んでのパーティなど、様々な人たちとの交流が続いていたが、二人は顔を合わせると、よく話し込んでいたのであった。

秋学期が始まる頃になっていたが、矢吹は、ベトナム戦争に従軍し負傷した経験を持つペク、同じ学部大学院生のキム、それにジョンと四人で共同生活を始めていた。

ある日のこと、母が国際電話で、

「お前が金を貸していた相手の母親から、息子が、父が亡くなって、そのあとどこかへ行ってしまい、お金を返させられないと、電話があったよ……。

そちらでも、悪い仲間には気を付けるんだよ」と言ってきた。

留学前に、矢吹は母も同行し、相手の父母も交えて、半年毎の分割払いで五年で完済するという約束を取り付けていたが、二回の返済のみで二百万円以上未返済のまま、相手は姿を消してしまったのだ。

矢吹は、母に

「もういい、相手にしてもしょうがない。俺がバカだったんだ」と言うのだった。


矢吹はリから、ロバートソン学部長はすごい人だと聞いていたが、せっかくアメリカまで来たんだからと思い、学部長との一対一の個人ゼミを申し込んでいた。

個人ゼミを受ける趣旨と履修計画のレポートを提出していた矢吹は、学部長室を訪ねた。

「レポートを読ませてもらったが、君は、典型的な日本の理想主義者だね……。私は、アメリカのディープな現実主義者だよ。これから一学期間、じっくりと議論していこうね」

こうして、週に一度、前の日に矢吹が提出したレポートをもとに、九十分間の一対一のゼミがスタートしたのだった。

「日本人はよく、自分たちは単一民族だと言い、その特殊性を強調しがちだが、日本には昔からアイヌもいたし、地域ごとにかなり違う人々が住んでいたと思うね」

矢吹は、ロバートソン学部長のその発言が気になり、図書館に行って、民族の分布を示した地図を見つけたが、そこには、アイヌ民族が、北海道、千島、サハリン、アムール川沿岸、カムチャッカ半島辺りにまで、住んでいたと図示されていた。

また、ロバートソン学部長が
「私は、長い間、日本の政策決定過程をテーマに、研究してきている。

アメリカでは、人生の終盤に回顧録を書くという文化があるが、日本の公務員や政治家が何も書き残してくれないので、何があったのかよくわからない、というのが実情だね。

ミスター・矢吹、もし君が、日本の公務員か政治家になったなら、ぜひ回顧録を書いてほしいね」と言うので、

「うん、わかりました……。

ベストを尽くします」

矢吹は、そう応えるのだった。

四

白鴎町の総合病院で外科医師として勤務していた高橋健には、海外の発展途上地域で医療活動をしてみたいという、思いがあった。

佳子と結婚して四年が経とうとしていたが、二人はまだ、子供に恵まれていなかった。

ある日、高橋が

「実はね、海外ボランティア医師団という団体があって、そこでアフリカでの二年間の医療活動という話があるんだ。

できれば、参加したいと考えているんだが……。

僕は、自分が世界の恵まれない人たちのために、何かできないかと、ずっと思っていてね……」と、切り出した。

「ああ、そうなの……。

それなら、私が反対しても、諦めきれないでしょうね？……。

わかったわ、いいわ……」

「ありがとう……。

これから、いろいろと心配をかけるけど、よろしく頼むね」

高橋は、感謝の表情で、佳子を見つめていたのだった。

高橋は、残された佳子との時間を惜しむかのように、白鴎町での日々を送っていた。

春の陽ざしが少し強くなり始めた頃、二人は列車に乗って海を見に行った。

砂浜を歩きながら、河口の方に向かって行ったら、近くでカモメが数羽、鳴いているのが見えていた。

「何か食べてるようだわ……。

魚のようね、何の魚かしら」

「鮎か何かの、小魚だろうね」

二人が近づくと、カモメたちは、めいめいに飛び立っていった。

「あなたも、もうすぐ旅立ちね……。

身体にだけは、気をつけてね」

「うん、佳子もね。

少しは手をぬいて、あまり一生懸命にならないようにね」

「うん、わかったわ、お互いにね」

五

高橋の海外での医療活動地域が、アフリカのウガンダに決まった。

そして高橋は、引継ぎなどで忙しい日々を送ったあと、病院に休職届を提出して、一九八二年の六月初め、日本を発ってウガンダに向かった。

何度か飛行機を乗り換え、ようやく首都のカンパラに到着した。

ウガンダは、数年前までアミン大統領独裁下で、多くの人々が命を落とし、まだ混乱した状態が続いていると聞いていたが、空港から見える風景は、緑豊かな穏やかなものだった。

高橋は、空港で現地の担当スタッフと待ち合わせをして会い、キャンプ地にある医療施設へと向かったのであった。

一カ月近く経ったある日、高橋から佳子に手紙が届いた。

―お元気で、頑張っていますか。

私は、こちらの生活にもだいぶ慣れてきて、皆さんとも何とかコミュニケーションをとりながら、医療活動に励んでいます。

ウガンダでは、人々の生活は貧しいですが、気候風土は穏やかで、大地の恵みも大きな潜在力を持っているように思われます……。

医療活動のほかにも、衛生指導などに力を入れていますが、こちらの人たちと様々な交流をして、いろいろとお手伝いができたらと考えています。

こちらにいると、日本の良さも、また懐かしく想われるところです。

佳子も、あまり無理をしないで、健康第一でお過ごし下さいね。―

佳子は読み終えて、夫が遥か遠くの地で、新しい体験をしながら、多くのことを考え、生きているんだなと、思わずにはいられなかった。

そして佳子は、病院で仕事をしていて、いままでとは少し違う新鮮さを、感じるようになっていた。

白鴎町に初雪が降って数日経ったある日、海外ボランティア医師団日本事務局から佳子に電話があった。

「先日、高橋健さんが、ウガンダで、医療活動のため地域を巡回中に、交通事故にあって、亡くなったという連絡が入りました……。

大変お気の毒です……。

心からお悔やみを申し上げます」

佳子は、思わず言葉を失った。

まだ、何カ月も経っていないのに、死んでしまうなんて……。

ああ、すべてが終わってしまったんだわ……。

佳子は、それから長い間、深い悲しみと、終わってしまったという思いに、包まれていたのであった。

六

一九八二年十二月、アメリカ留学二年目のクリスマスを迎えようとしていた矢吹は、実家の妹祐子から、高校クラス会の案内状を受け取っていた。

ああ、あの頃から、もう九年になるんだね……。

矢吹は、そう思いながら、

—今、アメリカで勉強しているので、出席できないけれど、懐かしいクラス会の皆さん、どうか楽しい時をお過ごしください……。—とのコメントをつけて、欠席の返信を送っていた。

ひと月ほど経ったある日、クラスメートの晃子から手紙が届いた。

—こんにちは、お元気で、お過ごしですか?

この間、高校卒業から十年目のクラス会で、矢吹君からの返信、皆で回し読みして、とても盛り上がっていましたよ。

まだ、夢をあきらめないで、追い続けている友がいると思うと、誇りに思うとともに、とても励みになります……。

矢吹君、これからどのような人間になっていくんでしょうか、とても楽しみです。

日本に帰ってきたら、また皆で集まりたいですね。

そして、そちらのお話も、いろいろとお聞かせくださいね。

どうか、がんばってください。――

矢吹は、とても嬉しい気持ちになり、よし頑張ろうと思うのだった。


矢吹のアメリカ留学も、二年目の最後の学期を迎えていた。

修士課程を終えるに当たって、矢吹は論文コースではなく、試験コースを選択していた。

試験コースは、履修科目が多く、一週間の試験期間内に選択した三教科の試験全てをパスしなければならない、というものだった。

試験に備えるため、矢吹は三教科ごとのノートを、一カ月ほど図書館やトイレまで持ち歩きながら、内容を頭に入れようとしていた。

一科目三時間の論述形式の試験を、月、水、金に受けて、矢吹は、翌週金曜日に担当主任教授のドクター・モンゴメリーの研究室を訪ねた。

そして、ドアを開けると、

「コングラチュレーション　卒業おめでとう！　ミスター・矢吹。

君の努力の成果が、これからの人生に役立っていくと、信じてるよ」との言葉で、迎えられたのだった。

卒業も決まり帰国を前にして、矢吹は、ブルーミントンで知り合った友たちに、別れを告げる日々を送っていた。

留学当初から、パーティなどでよく会っていたソン女史からは、

—この世の荒野では、我々は全て旅人であり、そこで見つける最良のものは、一人の正直な友である—

と書かれた、プレートを頂いていた。

矢吹は、それからの人生で、その言葉により、何度かまともな気持ちになれたのだった。

七

藍川真子とも帰国の前の週、皆でよく行っていたハッピーアワーのビールが美味しい、ピザ・レストランで食事をとっていた。

「ご卒業おめでとう。

俊一、今までとは何か、違って見えるわね……。

でも、卒業式に出ないで帰っちゃうのは、せっかくの機会を捨てるようで、少しもったいない気がしますね。

これから、どんなことをするんでしょうね……。

とても楽しみだわ。期待しているね」

「真子、ありがとう。

でも、去年、ここブルーミントンで真子と会った時には、本当に驚いたね。

何かの因縁でも、あるのかな？……。

これからも、がんばってね」

「私が、海外留学したいと思うようになったのは、高校時代に俊一が、世界を舞台に仕事をしたいと、手紙に書いてあったからなのよ。

あれを読んで、私も、ラジオ講座などで英語を勉強しはじめ、大学は英語学科に進んだの。

夏休みに姉の淑美と、ギリシャからユーゴ、イタリアを旅行したこともあったわ。

そして、金融関係の仕事に就職したけれど、父から、俊一がアメリカに留学しているらしいと、聞いたこともあり、両親を説得して、アメリカに来たんですよ……。

できれば将来、国連のようなところで仕事をしてみたいと、考えているの……」

「さすが真子だね……。

真子の希望がかなうよう、応援しているよ。

お互いに、がんばろうね」

二人は、時間を忘れたかのように、これからの夢や希望を語り合っていたのだった。


矢吹は、同じ学期に政治学部の修士課程に入り、同じ学期に卒業することになった韓国からの留学生キムと、お世話になった先生たちにお別れのあいさつに回っていた。

ロバートソン学部長を訪ねた時に、学生街のレストランで二人のお別れ会をしたいとのお話があった。

ロバートソン夫妻と、矢吹、キムの四人だけのお別れ会は、夫妻のアジアでの思い出話などで盛り上がっていった。

「ミスター・キム、私の夢は、君が韓国の大統領になることだよ。

そして、ミスター・矢吹、君が日本の総理大臣になることが、私の夢だからね」

そう言うロバートソン学部長に、矢吹とキムは、半ば真顔で、

「ベストを尽くして、がんばります」と応えるのだった。

矢吹とキムは、一九八三年五月の同じ日に、シカゴ空港からアメリカを発つことになった。

出発の朝、ブルーミントンのバス停まで、パクが二人を車で送ってくれ、ペクやチェ、リ、ジョンなどが見送りに来ていた。

「矢吹、キム、君たちと会えて、有意義でとても楽しい時を過ごせたよ。いつかまた、どこかで会おうね……」

「うん、いろいろとありがとう……。また会う日まで、お互い元気でがんばろうね。グッドラック、さようなら……」

「グッドラック　ユートゥー……」

二人はそれぞれと、そのような言葉を交わしながら、別れを言って、バスに乗り込んだ。

そして、バスの窓から、友たちの姿が見えなくなるまで、二人は手を振っていたのだった。

第九章　飛　翔

一

ロシア放浪から帰った翌年、舟木は、県庁のある街北陽市で貿易会社　ニュー　オリエンティアを起ち上げて、それから三年が過ぎようとしていた。

地域の地場産品の輸出と、海外製品の輸入を手がける会社であった。

日本に近い国々は、まだ人々の所得は低いが、経済成長するにつれて、これから豊かな層が増えていくだろうと見込んで、事業展開を考えていた。

舟木は、輸出産品の品定めのために、白鴎町に行く予定があったが、ふと佳子のことが思い出された。

連絡してみたら、夫が昨年、アフリカでボランティア活動中に、交通事故で亡くなったと、聞かされたのだった。

一九八三年夏のある日の夕方、舟木は、白鷗町の駅前の喫茶店で、佳子と九年ぶりで再会した。

「お久しぶり、大変でしたね……。

心から、お悔やみ申し上げます。

今はもう、だいぶ落ち着かれましたか？……」

「まだ、心の整理がつかないところが、大部分です……」

「ああ、そうですね……。

ここで、こんなことを言うのも、どうかと思いますが……。

これから、お気持ちの整理がついてからでよいのですが……、僕は、佳子さんと人生を共にしたいと思っています。

突然こんなことを言って、申し訳ありません……」

「どうも、ありがとう……。

でも、今私ね……、彼が何をしようとしていたのか、知りたい気持ちでいっぱいなんです……。

それで、海外での二年間のボランティア活動に、参加する予定なの……。

それから、また、今後のことを考えたいと思っています」

「海外ですか……。

わかりました。

気をつけて、頑張ってくださいね……。

日本から、応援しています」

二人は、最終列車が来るまでの間、時を惜しむかのように、話し込んでいたのであった。

二

一九八三年五月、アメリカで修士号を取得して、日本に帰った矢吹は、高校の恩師の斎藤先生が、また母校の津原高校で英語の教鞭をとっていると聞いて、あいさつに行くことにした。

「先生には、高校、浪人時代と、とてもお世話になりました。

おかげさまで、アメリカまで留学できて、何とか修士号が取れて、帰ってきました……。

ありがとうございます」

「矢吹君、よくがんばったね……。

これから、みんなで、君の活躍を楽しみにしているよ」

斎藤先生は、そう言うと、矢吹の就職にと、教頭先生のところに連れてゆき、大学の先生の連絡先を教えてもらったり、職員室では若い英語の先生と、英会話実践の機会を設けてくれたりしていた。

また、教え子の真紀が、障害者教育に熱心に取り組んでいることや、裕文が、法衣姿で出家のあいさつに来たこと、野球部の尾山監督が、今は県の教育委員会委員長になっていることなどを、話してくれたのだった。


矢吹はまた、アメリカで小田氏から言われた、そんなに北奥県のことを言うんだったら、帰って公務員にでもなったら、という言葉が頭の片隅に残っていた。

大牧瀬町で過ごしているうちに、七月にある北奥県庁の職員採用試験を、受けてみようと思うようになった。

各試験科目ごとに基本書を一冊ずつ買い、二〜三回通読して、一次試験を受けたところ、合格だった。

そして、九月に入り、筆記と面接の二次試験に臨んでいた。

筆記試験の後、面接があり、

「君は、地方自治の仕事をしたいと書いているけれど、だったら県庁ではなくて、市町村職員になったほうが、いいんではないか？」と、問われたのだった。

矢吹は、二年間の留学生活で、日本語がなかなか出てこないこともあったが、

「確かに、地方自治の原点は、ニューイングランド地方のタウンミーティングにあると言われていますが、私はアメリカで、州政府レベルの地方行政を勉強してきましたので、県庁で仕事をしてみたいと考えています」と、何とか答えたのだった。

矢吹の半ば反論するような答え方が、功を奏したのか、試験結果は合格ということだった。


翌年四月の新採用の前までの予定で、矢吹は、北陽市で中学生対象の夜間塾の講師を始めていたが、クラスメートで銀行員をしていた晃子からの誘いで、駅前の居酒屋で何人かが集まり飲むことになった。

「矢吹君、アメリカでのお勉強、大変ご苦労さまでした。

今度は、県庁でお仕事をするのね。がんばってくださいね……」

「今日は、集まってくれて、ありがとう。

これから、少しでも良い仕事ができるよう、がんばりたいと思います。

皆さんも、がんばってくださいね……」

久しぶりに会った仲間は、そのような会話から始まり、矢吹のアメリカでのエピソード話や、世界の若者が今何を考えているかなどについて、熱く話し込んでいたのであった。

そして、矢吹は、同じ街に住む旧友の舟木と、久しぶりに会うことになった。

「あれから、ロシアなど放浪してまわり、学ぶことは多かったね……。久しぶりに故郷に帰ってきて、ここで貿易会社を興そうと思い、起ち上げてもう三年になるね」

「僕もアメリカで学んだことは、とても多かった……。多くの人と出会うこともできたし、この経験は財産だと思っている。これは、リンカーンが若いころやっていた法律事務所で見つけた、ゲティスバーグでのスピーチで、人民の人民による人民のための政府の演説草稿なんだが、よかったら受け取ってほしいね」

「ありがとう。こんなものをいただけるとは……。これも、何かの縁かな……？

俊一も、これから公務員として、人々のため、より良き社会のために、がんばってほしいね」

矢吹は、舟木の感慨深そうな表情に、しばし見入っていたのであった。

三

秋が深まり、木々の葉も散り始めていた。

夫の健が不慮の事故で亡くなってから、一年が経とうとしていた一九八三年の晩秋、二十五歳になっていた佳子は、国際協力交流機構のボランティアとして、語学などの研修を日本で受けてから、西アフリカのベナンに向けて旅立った。

ベナンは、かつて奴隷貿易が行われた地で、フランスから独立後も政権は不安定な状況にあったが、そこの保健センターで看護業務の支援を行うというのが、佳子の任務であった。

公用語がフランス語であり、現地保健センターのパートナー（同僚）にとって、日本は遠い国で、ほとんどが日本人に会うのが初めてということだった。

また、民族同士の争いの歴史や、貧困などによる相互不信感は、ウガンダで亡くなった夫の健も、感じていたのかも知れないな、と思われたのだった。

そんな中で佳子は、様々な交流をしながら、周りの人たちに自分のことを分かってもらい、信頼関係を築いていくことから始めたのだった。

ベナンに来て、佳子は、仕事に追われるような日々が続いていたが、保健センターに来る人たちの様子などを見ていて、衛生や健康に関する意識が日本とは大きく違うな、と感じるようになっていた。

佳子は、パートナーたちと、衛生的な生活習慣の推進や、予防接種などの健康啓発活動について話し合い、周りに広めていくための活動を少しずつ始めていた。

ある日、保健センターから数キロのところに湖があり、そこで湖上生活をする人々がいるということを聞いて、佳子は興味もあり、パートナーのニョンヒンを誘って、行ってみることにした。

佳子たちは、小舟で湖上の村に着いて、人々の生活の様子を見ていた。

家々が水路に沿って並んでいて、水路が交差するところに、食料品や生活用品を積んだ小舟が集まり、市場が開かれているようであった。

野菜や果物、魚、穀物、パーム油、薪などが、小舟の上に載せられていて、ほとんどが女性たち主役の市場であった。

「ベナンの女性たちは、たくましいわね……。

この国の将来は、女性の働きにかかっているかもね」

「ありがとう……。

これからも、佳子の協力を得ながら、健康的なコミュニティーをつくっていけたらいいね」

佳子とニョンヒンは、フランス語で、そのような会話を交わしていた。

佳子には、とても珍しい光景で、生きていく上での知恵や、賢さを考えさせる体験ともなったのであった。

アフリカでは、生活はまだ貧しいものの、人々の生活力や大地の恵みなどの潜在力は大きく、日本がこれから協力できることも、とても多いんだなと、佳子は、新しい体験を通して確信するようになっていた。

四

一九八四年四月、矢吹が北奥県庁職員となって初めての配属先は、県東南地域三河市にある県の渉外労務管理事務所だった。

事務所の主な業務は、米軍基地で働く日本人従業員の雇用関係全般にわたるものだったが、矢吹の担当業務は、従業員の雇い入れや配置転換などの手続き、翻訳・通訳に関わるものだった。

仕事を始めて一カ月半ほど経った五月中旬、日本人従業員の永年勤続表彰の式典があり、矢吹は、式の進行・挨拶の通訳や、米軍幹部との懇談会での北山知事の通訳を務めることになった。

控室で、事務所の古参の寺田主任係長が、矢吹を知事に紹介してくれるなどして、緊張はだいぶ和らいでいたが、矢吹にとって初めての経験でもあり、結果はまあまあの出来というところだった。

懇談会終了後には、米軍のベテラン日本人通訳の浅井などが、矢吹にいろいろとアドバイスをしてくれたのだった。

それ以後、海外からの人が知事を表敬訪問するような際に、秘書課から電話で、矢吹に通訳をしてほしいとの依頼が度々あったが、事務所の越後総務課長が

「矢吹君は、まだ試用期間の身分なので、本業に専念させてほしいですね」と、応対することも何度かあった。

矢吹は、県職員となって二年目を迎えていた。

一年目は、仕事の仕方について、係長や先輩の説明、アドバイスをノートにメモして、覚えることに専念していたが、次第にこのままのやり方で良いのかな、という疑問がわくことが多くなっていた。

窓口カウンターに置いている提出用書類の置き場所や、書類のまわし方、仕事の手順などを変えてみたりしていると、ベテラン職員からは、あまりやり方を変えられては困るんだがね、と言われることも多くなっていた。

職場の前例踏襲的なやり方や考え方に、敏感に反応するというのは、何かアメリカの大学で、クラスの議論などに参加して身についた、思考方法のように思えてきたのだった。

これから、県庁という組織の一歯車として生きていくのか、それともそれを少しでも良い方向に変えていくことに、精力を注いでいくのか、矢吹は仕事をしながらも、ふとそう考える日々が続いていたのだった。

矢吹は、お盆や正月には実家に帰り家族と過ごしていたが、弟二人はすでに漁師として独立し、結婚し子供もいて、矢吹の数倍は稼いでいた。

妹の祐子は、看護師になるため、首都圏の病院に勤めながら、看護学校に通っていて、弟妹たちが頑張っている姿を見るにつけ、安心し励まされる思いに充たされていた。

また、矢吹は、土日などの休みの日に、地元のいろんなところを見て回りたいと思うようになり、五十ccバイクの免許を取った。

そして、北奥県の三半島をそれぞれ一周したり、県を横断するため、早朝太平洋岸の海岸から出発し、県中央部の湖を回っている時に、エンストを起こしたりしながらも、日が沈む少し前に日本海岸に到着したこともあった。

その後、普通自動車と自動二輪車の免許も取り、二百五十ccのオートバイで、北海県一周や横断、東北地方一周の旅に出たりしていた。

東北一周では、結婚して隣県に住み保育士をしていた、高校時代のクラスメート絵里子と再会していた。

「浪人時代には、いろいろと励ましてくれて、ありがとう」

「大したことでないわ……。

でも、矢吹君、公務員としてがんばっていると、この間、晃子から聞いたわ……。

世のため、人のため、良い仕事をしてね」

「うん……、絵里子も、がんばってね」

懐かしい想いのなかで、二人はそのような会話を交わしていたのだった。

五

佳子は、ベナンでの二年間のボランティア活動を終えて帰国し、白鴎町で穏やかな日々を過ごしていた。

やがて、病院にも復帰し、看護師としての仕事を始めていた。

佳子にとって、ベナンで一緒に過ごした仲間や体験は、仕事そして人生の宝となっていると、思わされるものであった。

ある日、舟木から電話があり、佳子は、久しぶりに隣の県の県庁のある街、北陽市に行って、舟木に会うことになった。

「お久しぶりです……。

二年間、大変お疲れさまでした」

「こんにちは……。

声をかけてくれて、ありがとう」

「でも、とてもお元気そうですね」

「舟木さんも、何か貫禄がついたように、見えますね」

「佳子さんも、落ち着いていて、とても成長したように見えます。

これからのご活躍を、楽しみにしています……」

「舟木さんと会った牧瀬の浜、また、行ってみたいわ……」

「……、前にボランティアに行く前に、僕が佳子さんに話したことを、まだ憶えていますか……。

また、こんなことを言って、申し訳ありません」

「ええ、憶えているわ……。

でも、もう少し待ってね。

病院での仕事が軌道に乗って、気持ちの整理がつくまで、もう少し時間が必要なようなので……。

ごめんなさいね」

「こちらこそ、ごめん……。

でも、元気なお姿が見られて、うれしいですね……」

ひと月ほど経ったある日、舟木から佳子に手紙が届いた。

――……。

今だから、僕は言いたい。

どれほど、君のことを大切に思っていたか。

僕には、君との多くの思い出があった。

それを考えるだけで、寂しくはなかった。

君と出会ったあの店、一緒に歩いたあの道、あの街角、そしてあの浜辺……。

ハマナスの紅い実が、揺れていた牧瀬浜……、波と遊んで語り合いましたね。

これからも、忘れられそうにありません。

あれから、お互いに人生の経験を積んで、物事をいろんな面から考えられるようになったと思います。

そして今でも、これからの人生、僕は、君無しでは考えられないのです。

たとえ何度、別れようとも……。──

それから一年が過ぎた一九八七年の夏、佳子は舟木の大きな愛を受け入れて、結婚したのであった。

六

矢吹は、三十代初めにスキーを始めて趣味の一つとなり、高校スキー部員だった桐原など仲間ができて、県内外のスキー場に泊まりがけで行くことも多くあった。

職場対抗の野球大会などにも積極的に参加し、投手の三谷など仲間がよく集まり、いろんなことを語り合いながら、情報交換などをしていた。

また、実家や職場の同僚などから紹介されて、会っていた人も何人かいたが、

「私たち、お互いに魅かれあっていたら、もっと頻繁に会っていたはず。

だから、この辺で、お別れにしましょう」

「私は、別れても好きな人というより、別れたら、次の人にしたい方なのよ」

などと会話を交わして、別れていたのだった。


矢吹は、県職員となって四年が経ち、本庁勤務となっていたが、月々のアパート代くらいの返済で、家が建てられると知り、北陽市に小さな家を建てていた。

引っ越しの時には、父や母も来ていたが、母ナミが、歩くとどうも身体の具合が悪い、と言っていた。

後日、母を検査入院させ、矢吹が、結果を主治医に聞きに行ったら、母が腎臓ガンであり、治る見込みがないと告げられた。

矢吹は、そのことを実家の人たちに知らせるため、車で大牧瀬町に帰る道すがら、自分

をこれまで、見てきてくれた母がいなくなったら、自分が生きていても意味がない、そう思うほど悲しかったのだった。

それから、妹の祐子に、病院を休職して母の看病のために来てもらった。

入院中、多くの人が見舞いに来てくれて、母は「人に何も悪いことをしなかったから、こんなに見舞いに来てくれるんだね」と、喜んでいた。

祐子と、母娘水入らずで三カ月以上一緒に過ごしていたが、病状が次第に悪化していき、みんなに看取られて、母は、満六十二歳の生涯を終えたのであった。

まだまだ若い息子娘たちの将来を見ずしての、早過ぎる旅立ちだった。


矢吹は、アメリカから帰ってから八年が経った頃、ブルーミントンの大学院で同期だった、韓国からの留学生キムと連絡が取れて、韓国に会いに行った。

「ハーイ　ミスター・キム、お久しぶり、お元気ですか？」

「ハーイ　ミスター・矢吹、元気ですよ、君は？」

「とても、元気です。

今、日本の北奥県というところで、公務員をやっていてね……。

とても充実した日々を送っているよ。

キムは、あれから、どんな人生を歩んでいましたか？」

「僕はね、あれから二年後に、再びアメリカに行って、テネシー州の大学の大学院に入学してね……。

いろいろなアルバイトもやりながら、五年かかって博士号を取り、昨年帰国したんだ。

今は、政治家を目指して、いろいろと活動しているところだよ」

「それは、すばらしい人生でしたね……。

これからも、がんばってくださいね」

「矢吹も、これから、北奥県、そして日本の輝かしい未来のために、良い仕事をしていくことを、期待しているよ」

矢吹は、キムから、朝鮮半島の統一をテーマにした、英文の博士論文を頂いたが、それから、その論文を読み続ける日々が続いたのであった。


一九九三年四月、矢吹は、県職員になってから四つ目の職場である、国際交流課に異動になっていた。

県職員となって十年目となり、日々の仕事に追われる生活の中で、時間の経つ速さに、思い浸ることも多くなっていた。

公務員の仕事については、自分が人間として成長して、組織の流儀や派閥に囚われず、公益の増進を目標として、世のため、人のため、良い仕事をしていこうと、思うようになっていた。

北奥県では、韓国ソウルと北陽市との定期航空路線が就航したこともあり、韓国語を話せる県職員養成事業が始まり、矢吹に白羽の矢が立ち、ソウルで十カ月間、語学と業務研修を受けることになった。

五月に東京で、基礎的な韓国語会話の講習を受けて、六月にソウルに旅立った。

語学研修は、ソウルにある大学の韓国語学院で二学期間にわたり、初級コースから学ぶというものだった。

韓国語は、文法的に日本語と似ていて、単語も七割ほどが、日本語と意味も近い漢字語からなっていて、ハングル文字は、母音と子音からなり、日本語のローマ字の構成と似ていた。

語学院では、アジア各国からの留学生や日本で作曲家だった成田などがいて、賑やかな雰囲気で授業が行われ、歌をうたいながら韓国語を覚えたり、市場など街中に出て、覚えたてのフレーズを実践して身につけていた。

また、矢吹の下宿、近くのアパートには、国から語学研修で派遣されていた本間や塚田、県の韓国事務所勤務で来ていた有賀や荒川などがいて、韓国という国や日韓の歴史、これからの日本の有り様などについて、熱く議論していた。

矢吹は、休日などには、百済の最後の都の扶余や、光州、木浦、済州島、釜山、大邱などを旅行し、韓国という国を肌で感じていた。

やがて、二学期間の語学コースも終えて、韓国語の会話がだいぶできるようになった矢吹は、翌年一月から三月まで、韓国の国際化交流財団で机と電話を置かせてもらいながら、業務研修を受けることになった。

半月ほど、財団職員の李から、韓国における国際交流について説明を受けた後、週に一度ほどのペースで地方自治体を訪問し、聞き取り調査などを行い、様々な説明を受けて、韓国への理解を深めていった。

矢吹は、この研修を通して、韓国と日本との文化的、言語的、民族的な近似性を、益々確信するようになっていた。

七

一九九四年四月に入り、矢吹は、国際交流課で海外自治体との交流担当になっていた。

北奥県では、海外から通訳などを行う人を採用しての、国際交流員制度を取り入れていたが、英語担当は、アメリカからの白人女性オリビアであった。

ある日、矢吹には、オリビアがとても東洋人風に見えたので、そのことを話したら、六代前に一人インディアンの御先祖様がいて、六十四分の一がオリエンタルだということだった。

その年には、北奥県が姉妹交流を予定している米国の州と、事務的な協議を行うため、次長、課長一行で訪米することになっていたが、矢吹は、その通訳兼事務担当として、オリビアなどの助けも借りながら準備を行っていた。

実務的な仕事での海外出張は、今回が初めてだったため、前任者からもいろいろアドバイスを得ながら、旅券の手配やホテルの予約、綿密な出張スケジュールや発言要旨の作成、長内課長、野上次長への説明などを行っていた。

北奥県の米国訪問団一行は、六月下旬のある日、米国に向けて旅立った。

十数時間にわたるフライトでニューヨークに着いて、バスで目的の州都まで移動し、予約していたホテルに宿泊したのだった。

翌日から、州の担当部局を訪問し、北奥県について、持参した資料やパンフレットを用いて説明し、意見交換したり、州の街々を訪れて、状況を調査したりしていた。

豊かな広い大地と、海産資源に恵まれたところという印象であり、だいぶ好感触を得ながら、一週間の訪問日程を終えたのだった。


それから、日本へ帰る便が出る前日に、ニューヨークまで移動することになっていた。

一行は、ニューヨークのホテルに着いて、チェックインをしていたが、矢吹のところに、どこか親しみのある感じの人が近づいて来ていた。

「こんにちは、お久しぶりです……。お元気でしたか？」

「ああ、真子……。お久しぶり、元気？」

「うん……」

「……お二人、お知り合いですか？」

「ええ……、幼なじみなんです」

「ああ、そう……。

それは、すばらしいですね……。

それじゃ、今晩は自由行動で、ゆっくりと旅の疲れをとりましょう」

そう言う長内課長の計らいで、矢吹と真子は、十一年ぶりで同じ時間を共に過ごすことになったのであった。


二人は、ホテル近くのイタリアンレストランで食事をとっていた。

「前に、ハガキでお知らせしてたけれど、本当に会えるとは思っていなかったね……。

お仕事、お忙しいのでは？」

「今は、時期的にそれほどでもないわね……。

年に数回、忙しいときはあるけれどね」

「国連での仕事は、どのようなものですか？」

「そうね、事務局で主に総会の開催準備や、加盟国への情報提供、交流や相互理解の促進に関することなどね」

「いろいろと、大変だったでしょう……。

それも、いろんな国の人たちと、英語で行うお仕事ですからね」

「ええ、でも九年にもなるので、だいぶ慣れたわ。

それに、陸上で鍛えた体力もあったしね。

最初は、世界の平和や人類全体のための仕事をしたくて、国連で働くようになったんだけれどね……。

初めの頃、ユネスコで働いていた、トルコ出身のゼーナさんという人に会ったけれど、ブルーミントンの大学で、俊一と一緒だったと言ってたわ……」

「ゼーナか、同じ政治学部だったね……。なつかしいね……」


「俊一、今回は、国際交流の仕事で来ると書いてあったけど、どうでしたか？」

「今回は、メナーン州との姉妹交流の協議のため、次長一行の通訳などとして来たんだけれど、感触は良好といったところだね。

真子が、国連での経験を活かして、今度は、日本の国際化のために一仕事するということも期待しているね……。

あの頃、真子がアメリカに残りたいと言ってたけれど、それが真子にとって一番幸せな生き方だと思っていたけどね……。

でも、これからでも、もう持ちそうもないと思ったら、帰っておいでね。

友達として、精一杯迎えるから」

「ありがとう、そこまで言ってくれて……。

これからの人生、どうしたら、自分をより良く活かせるか、いろいろと考えてみたいと思います」

八

それから数カ月後、真子は国際連合事務局を辞して、日本に帰国した。

そして、北陽市を訪ねてきて、矢吹と再会したのだった。

矢吹は、六年前に北陽市に家を建てていたが、真子が見たいと言うので連れてきていた。

「小さいけど、使い勝手が良さそうで、素敵なお家ね。

あそこに見えるのは、学校ですか？」

「うん、北陽西高の校舎で、手前は、陸上部のグラウンドだよ……」

「ああ、そう…、偶然かしら……。

芝生も、とてもきれいね……」

真子は、そう言いながら庭に出て、芝生を気持ち良さそうに踏んで、歩いていた。

まもなく、二人は結婚の約束をし、紹介を兼ねて舟木夫妻と一緒に食事をすることになった。

「初めまして、佳子さん、藍川真子と言います。

十年近く国連で仕事をしていましたが、矢吹俊一と再会して、結婚することになったんです」

「初めまして、真子さん、佳子と申します。

よろしくお願いいたします」

「博之も、お久しぶりね。

ロシア放浪をしていたんですってね」

「うん、若い頃だけどね。

いろいろと体験し、世の中を見る目が広がったね。

真子も、国連での経験を活かして、これから地方の活性化のために、良い仕事をしてほしいと思うね。

家内の佳子も、アフリカのベナンで二年間、看護のボランティア活動をした経験があってね」

「ベナンでの経験も、少しずつ活かしながら看護師をしていますが、真子さん、これから、いろいろとアドバイスなど頂ければ、とてもうれしいです……」

「真子とは、幼なじみ同士なんだが、いろいろと偶然も重なってね……。二人とも三十代ぎりぎりで、結婚することになりました。よろしくお願いしますね」

それから二カ月後、一九九五年の春、矢吹と真子は、舟木や佳子、本田洋子など、多くの友人たちに祝福されて、矢吹の職場の秋山参事の媒酌により、結婚したのであった。

そして、真子は、北奥県国際交流協会で職に就き、地方の国際化のための仕事に取りかかっていった。

第十章　苦　闘

一

一九九五年の夏、大牧瀬町の浜辺で遊ぶ、三人連れの家族がいた。

まだ幼い女の子は、海辺の水の上を声をあげながら、はだしで走っていた。

「さとこ、あぶないから、あんまり走るんじゃないよ」

そう叫ぶお父さん舟木と、佳子は、結婚して八年が経とうとしていたが、今日は、聡子という三歳になる娘を連れて、大牧瀬町の実家に泊まりながら、海水浴に来ていたのだった。

「きれいな景色ね……。

なつかしいわ、あの頃とそのままね……。

さとちゃん、おなかすいたでしょ。

これから、ごはんたべるからね」

砂浜に敷かれたシートの上には、おにぎりや玉子焼きなどのご馳走が、並べられていた。

「うん、たべたい」

「おいしい、とっても」

「そうでしょ、いっぱいおたべ」

母と娘の様子を眺めながら、舟木は、この上ない幸福感に浸っていたのであった。


舟木の会社は、これまで国内の地場産品・工業製品を、ロシアや中国などアジアへ輸出する事業を中心に行ってきていたが、中国など周辺国の技術水準の向上に伴い、輸出に関する事業展開が難しい状況になってきていた。

将来的には、これらの国々の経済成長に伴う、富裕層を見込んでの高級品の輸出や、価格の手頃な製品の輸入に、シフトしていかなければならないかなと、舟木は考え始めていた。

北奥県は、りんごやニンニクなど、質の良い農産品でも知られていたが、これらを新鮮なうちに周辺国、中国などに輸出するには、定期航空路線や定期船便の就航が必要と考えられ始めていた。

舟木は、県内の商工農林水産の産業界や県庁を巻き込んでの、国際定期路線就航の期成会設立に、奔走し始めたのだった。

二

木々の葉が色づき、秋も深まり始めたある日の夜、舟木が家に帰ってくると、聡子がひとり居間でテレビを見ていた。

お母さんは、もうベッドで寝ている、ということだった。

翌朝、佳子が、最近また貧血気味で、倒れそうになったことも何度かあったと言い、顔色も良くなかった。

舟木は、佳子に、病院で検査を受けるように言ったのだった。

佳子が、勤めている病院に検査入院をしている間、舟木は聡子と二人だけでご飯を食べていた。

「おかあさん、いないと、さびしいね」

「そうだね……。

でも、もうすぐ帰ってくるからね。

そしたら、また、おいしいものを、いっぱいつくってくれるよ」

「うん、そしたら、いっぱいたべるんだ」

舟木は、まだ幼い聡子の顔を見ながら、遠い昔、初めて会った頃の佳子の面影を想い浮かべていた。

ようやく佳子が退院して、それから何日か後に、検査の結果が分かった。

佳子は、だいぶ進行した、重度の白血病に侵されていたのだった。


佳子の入院の準備を手伝いながら、舟木は思わず口ごもりながら、言うのだった。

「聡子もまだ小さいんだから、がんばるんだよ。

早く良くなって、楽しいことを家族でいっぱいしないとね……」

「ありがとう、がんばるわ。

そう簡単には参らないからね、心配しないで」

舟木は、入院前の佳子、聡子を連れて大牧瀬町へ車で行き、浜辺を眺めながら一緒に歩いていた。

「ここが、僕たちの思い出の場所だからね」

「そうね……。

ここでの出会いがなかったら、今日もなかったのね」

「そうだよ、聡子と三人の生活はなかったんだよ……」

「うん、おとうさん、ありがとう……」

はしゃぐ聡子の手を取り、首を少し横に動かし微笑む佳子を見ながら、舟木は、この時間がいつまでも続いてほしい、と思うのだった。


一九九五年の暮れ、佳子は北奥県立総合病院に入院した。

病院で、家族に囲まれて正月を過ごし、それからひと月ほど経った頃、佳子の容態は急に悪化していった。

「おとうさん、ごめんなさい、こんなことに、なってしまって……。

楽しかった思い出が、いっぱい目にうかぶわ……。

聡子を、お願いしますね……。

さとちゃん、おとうさんのいうことを、よくきいて……。

いつまでもなかよくね……」

「聡子のことは、心配しなくていいよ。

ねえ、さとこ……。

……佳子、ありがとう……。

いつまでも、忘れないからね……」

「うん……。

お母さんも、大切にしてあげてね……。

ありがとう……」

「おかあさん、いっちゃだめ……」

「さとちゃん……」

「おかあさん……」

そう叫ぶ聡子の声に送られるように、佳子は、静かに目を閉じたのだった。

「ああ、なんて早く亡くなってしまったんだろう……。

可哀そうにね……」

矢吹から、佳子の死を聞いた真子は、そう言うのだった。

三

佳子の葬儀を終えて、しばらく経ったある日、舟木は、佳子から聞いていた隣県にある高橋健が眠る墓を、たずねて行くことにした。

列車に乗って田園地帯を走りながら、苗が植えられて間もない水田や畑、遠くの杉林などに見入っていた。

やがて、高橋の眠る町に着き、記憶をたどり、人に尋ねたりしながら、墓にたどり着いた。

「先日、佳子が三十八歳で亡くなりました……。もっと長く生きて、アフリカでの経験などを、仕事で活かして欲しかったのに、とても残念です……。

これから、残された娘の聡子と、佳子の分も幸せになって、生きていきます……。どうか、見守っていてください」

舟木は、高橋の墓前で、そう報告するのだった。

佳子が旅立ってから、舟木は、娘の聡子との生活を慈しむように送っていた。

やがて三年が過ぎて、しばらく経った頃、舟木は定期健診を受けて、胃に重度の腫瘍があるのが見つかった。

若い頃からコーヒーなどを飲むと、胸焼けすることが多く、父が胃ガンで亡くなったこともあり、胃はあまり丈夫なほうではないな、と思っていたのだが……。

舟木は、小学一年生になっていた聡子のことが、すぐに頭を巡った。

数日後、舟木は、北陽市内に住む叔母の千恵に聡子の世話を頼み、佳子がかつて入院していた病院に入院した。

佳子、聡子がいるから、当分はそちらにはいけないよ、こちらで頑張るからね……。

舟木は、そう独り言を言いながら、腫瘍の摘出手術を待っていた。


舟木は、自分がこれまで生きてきた人生で出会った人たち、素晴らしい仲間に囲まれて、楽しく過ごした日々を想っていた。

再びそこに帰ることはできないけれども、記憶の中でずっと一緒に生きてきてくれたんだなと思うと、この上ない幸福な気持ちになるのだった。

舟木はまた、これから聡子が生きていく世の中は、どうなっていくのか、自分が生まれ生きてきたこの世の中を、もっと良いものにして残していくためにも、そう簡単には死ねないな……、そう思い始めていた。

そして、できるだけ体調を整えて、聡子と朋恵、千恵に見送られて手術室に入った舟木は、三時間余りにおよぶ腫瘍の摘出手術に耐え抜いた。

手術後、舟木は、予想以上に早い回復を見せて、無事に退院し、復活を遂げたのであった。

四

矢吹が、二十三年ぶりのアメリカへの旅から帰って、一カ月程が過ぎていた。
何やら元気のない矢吹に、妻の真子は言うのだった。
「今度は、出先の現場改革ね。
がんばってね」
矢吹の顔から、思わず笑みがこぼれた。
「励ましてくれて、ありがとう。
今度は出先で、精一杯がんばるよ」

矢吹は、工業技術試験場で総務課長の職にあったが、これまで以上に、職場の意識改革や意欲の向上のために、できるだけ職員と会話をして、アドバイスなどをしていた。
仕事の取り掛かりを早くし、常に公益性を第一に考え、無駄を省いて効率的、計画的に仕事をして、可能な限り勤務時間内に終えようね、などと話しかけていた。

矢吹自身、ここ十数年、時間外勤務を行った記憶がなかったのだった。

また、職場の性格から、研究職の職員がかなり長期間にわたり、類似の研究テーマに携わることが多いため、個々の職員の創造性や能力向上、意欲の保持などが、難しい課題となっていた。

矢吹は、茹野技術課長などと意見交換をしながら、これらの課題を如何にして克服していくか、そして、それにより、公の機関として職場の実力アップを図っていくことの重要性を、職員会議などを通じて話していたのであった。


二〇〇七年も、春の季節を迎えていた。

真子は、矢吹と結婚して十二年になろうとしていたが、二人の間に子供はなく、周りの友人からは冗談半分で、

「新婚さんは、いいね」と言われることも、まだあった。

ただ、結婚四年後に、真子が妊娠したことがあり、その子が育つことができなかったのだったが……。

またその頃、真子の父美衛が、七十四歳で亡くなったが、若い頃から事業を起こしたり、人のために自らが何かを行う、という姿勢の人だった。

真子は、父の生き方を教えとして、これから生きていこうと思っていた。

真子は、県国際交流協会での勤務も十一年が経ち、職場の中心的な職員として、主に異文化交流や、多文化共生社会づくりに関する事業を担当していた。

北奥県には、東南アジアなどからの留学生が、多く在籍する大学があり、国際結婚して県内で暮らしている人も多くなっていた。

真子は、これら海外から来ている人たちや、海外滞在経験を持つ人たちと、地域の人たちとの交流や理解を通じて、地域の国際化や活性化が図られるよう、自身の経験も活かしながら、仕事に取り組んでいた。

そして、新たな事業として、グローバル・ディスカッションを起ち上げていた。

月に一度くらいのペースで開催し、海外から来ている人や、海外滞在経験のある人を、メインスピーカーとして呼んで講演をしてもらい、後半は参加者を交えて自由な討論を行うというものだった。

企画や事務対応、そして司会は、国連事務局での経験をもつ、真子の役割となっていた。

ある日のグローバル・ディスカッションで、ラテン・アメリカ地域で十年以上、国際協力事業に従事した経験を持つ、坂本が講演していた。

真子は、坂本が向こうに長くいたから、インディアンに似てきたのかなと思っていたが、講演で彼の学生の頃のスライド写真を見て、ああ彼は元々インディアン似なんだと気付いたのであった。

遠い昔、北の大地で、彼の御先祖様とインディアンの御先祖様は、同じ一族だったのかも知れないね、と真子は思い始めていた。

五

二〇〇九年四月、工業技術試験場で三年間勤務していた矢吹は、再び本庁に異動となっていた。

県庁の組織替えもあり、行政経営課に配置換えとなった矢吹に、十数年前の職場で一緒だった仲間から早速誘いがあり、飲み会に出ることになった。

福谷や秋葉など懐かしい顔ぶれが揃い、とても和やかで楽しい雰囲気に包まれていた。

「矢吹、出先機関での勤務、大変ご苦労さんでしたね……」

「ありがとうございます。

皆さんとお話する機会ができて、とてもうれしいです……」

「俺も、今年一年で定年の歳になってしまったけど、矢吹には、もっと良い県庁にするために、もう一仕事して欲しいね」

「また、県庁改革の担当課に移って参りましたが、二年半ほど前に、アメリカに二十三年ぶりで帰って、恩師たちや旧友とも会うことができ、いろいろとお話をして、得たものも大きかったですね……。

出先でも、さまざまな経験をして、けっこう濃密な三年間でした……」

「いろいろと大変でしょうけれどね……。

アメリカ訪問の経験などを活かして、がんばってね……」

「これからまた、新たな気持ちで、良い仕事ができたらな、と思っています……」

「矢吹さんの活躍、応援してるわ」

「皆さんも、これからですからね……、がんばってください。

こうしてまた、お会いできる日が、とても楽しみです」

それから、話はかつての仲間の消息や、思い出話などにおよび、懐かしい時間をともに過ごしたのであった。

四月初めから、矢吹は二週間にわたり、県庁改革プランの作成に取り組んでいた。

そして、新年度に入り初めての庁内調整会議が、先程から開かれていたが、議題の一つである、県の長期計画における人材育成方針について、企画課主幹の田崎が説明していた。

「この方針には、いくつかのポイントがあるが、主眼点の一つは、郷土を愛する人間を育てることにある……」と。

矢吹は、発言を求めた。

「今の説明を聞いていて、いろいろと考えていた……。

大変申し訳ないが、この方針を、勝海舟や坂本龍馬が聞いたらどう思うかな。

人材育成の観点からは、郷土愛とかは、もっと優先順位の低いもの、ではないかなと思うけどね」

会議メンバーの中には、苦笑の表情が広がっていた。

座長の谷川が言った。

「この議題については、次の議題の県庁改革プランとも関連するので、行政経営課からの説明の後、さらに考えてみることにしましょう」

六

次の議題に入り、矢吹は、配布している資料に基づいて、説明を始めた。

「この県庁改革プランは、三つの観点から、アプローチしています。

一つ目は、人材を育てることについて
二つ目は、組織の在り方について
三つ目は、施策の進め方について
であります。

まず、人材を育てることについて、述べてみたい。

この命題は、県庁職員のみならず、未来の北奥県、そして日本にどんな人材が育ってほしいか、ということと関連があるものと考えます。

第一に、豊かな個性を持ち、自分の頭でものを考えられる、画一的でない多様な人材が沢山出てくるような、環境を整えること。

第二に、深い知識を持ち、広い視野でものを考えられ、新しい発想とバランスのとれた判断力で、仕事を進めていく人材を育てること。

第三に、人間性が豊かで思いやりがあり、公明正大で、倫理観のしっかりした、自律した人材を育てること、であります。
そのための、県庁における具体的な改革点として、次の項目をあげたいと思います。
一、自由な雰囲気で、モチベーションの高い職場環境を作っていく。
二、自己の能力を伸ばすことを奨励し、活発に政策議論を行う。
三、これから何をなすべきか、何が正しいのかの判断ができる、自律した職員の育成を、組織の命題として掲げていく。
四、職員採用に年齢制限を設けず、再チャレンジ人材を入れる。
五、一定割合を民間から採用し、多様な視点や先進的なアイディア、行動力を持った人材を入れる。
六、職制を簡略化し、良い仕事をすることに集中できるような環境とする。
七、雇用形態を公平なものとし、同じ仕事には同じ報酬を、の原則を徹底する。

次に、組織の在り方について、
第一に、政策の調整、推進能力を持った組織とする。
第二に、簡素でスリム、重複の無い、屋上屋を架さない組織とする。
第三に、管理部門が極力少なく、実働部隊の多い、綿密に行き渡った組織とする。

以上の点を主眼に、最小のコストで、質・量ともに最大の仕事ができる県庁組織とするため、さらに見直しを進めていくこととします。

最後に、施策の進め方について、

第一に、全体の奉仕者として、長期的な視点に立ちながら、公共の利益や福祉を最大限に向上させ、公共サービスを効果的に適正に提供していくという、県民視点に基づいて施策を進めていく。

第二に、事業のスクラップアンドビルドを徹底し、仕事の無駄をなくし、事なかれ主義を排し、役所仕事と呼ばれるようなものはしないこととする。

第三に、事業・仕事の取り掛かりを早くし、関係する書類・ファイルの整理、お互いのサポートや連携、計画的なスケジュール管理、年次休暇の完全取得などにより、プラス思考でモチベーションの高い、良い仕事のできる職場環境のもと、より良き施策を実現していくこととします。

以上が、今回の県庁改革プランの骨子であります。

細部については、まだ、未定稿の部分もありますので、これからさらに、県庁内での議論をお願いしたいと思います」

矢吹の説明に対しては、庁内調整会議メンバーからは、特にその場では異論とかは出ず、これから、それぞれ考えていこうということで、会議も終了となった。

しばらくして、県庁改革プランの詳細をさらに詰め、実施していくための組織として、県庁改革プロジェクトチームが起ち上げられたのであった。


矢吹は、しばらくぶりで実家に真子と帰っていた。

父寛一も、三年半前に八十三歳で亡くなり、実家を継いでいた良明家族と、海を眺めながら食事をとっていた。

テーブルの横の壁に、娘の美津江が書いたという紙が貼ってあった。

―自分の気持ちの在り様は、自分の態度に出る。

自分の態度に出れば、相手の態度も変わる。

相手の態度が変われば、状況がますます悪くなり、
幸運まで逃げていく。―と……。

矢吹は、思わず感心し、自分の気持ちの持ちようも、しっかりしなければね、と思うのだった。

第十一章　新たな旅立ち

一

二〇〇九年も、秋風が吹き始める頃となっていた。

矢吹が原案を作成し、提案された県庁改革プランは、問題意識の高い若手や中堅職員が参加する、県庁改革プロジェクトチームの働きもあり、佳境に入ろうとしていた。

プランの骨子である一つ目の人材を育てること、二つ目の組織の在り方、三つ目の施策の進め方については、これからの実施過程で、細部について見直しの可能性もあるとの前提付きで、最終的に、庁内調整会議で了解を得て、庁議に報告されて了承されたのであった。

そして、県庁改革プロジェクトチームでは、基地対策や政策評価を担当したことがある桐原や堀川などが中心となって、議論が重ねられ、豊かな発想とやる気に溢れ、良い仕事をする県庁に変えていこう、という運動がチームから提案されていた。

それは、県庁職員の意識改革運動というものであった。

職員から、仕事をするにあたって、何をどうするべきか、どうあるべきと考えるか、との問題設定で、意見・標語を募集したところ、次のようなものが集まっていた。

●自分では、何を、どうしていいか、わからない。
皆と同じでないと、安心できない、除けものにされる。
同じ考え同士、同じ仲間同士だと安心できる。
上司の機嫌をとり、その意向に忠実に従い仕える。
コネ・繋がりを頼りに、自分の利益・出世を第一の目的とする。
そのような仲間意識的・利己的な考えは、まず第一にやめよう。
●前例がない、聞いていない、時間がないということを言い訳にせず、丸くおさめよう、波風を立てないようにしようとする事なかれ主義、役所的発想を排しよう。
●上だけを見て、やってましたと、アリバイ作りのために仕事をしていないか。
良い提案を積極的に取り入れ、全体の奉仕者として、真に県民のために、公益の増進のために、仕事をしていこう。

●中央対地方、都会対田舎、本庁対出先、男性対女性という、型にはまった優劣観念、古い観念・価値観で物事を見ていないか。各々の在り様、魅力をもっと大事にし、良き仕事・成果につなげていこう。
●画一的、同じような価値観の中で安住していないか。異質なもの、自分たちの価値観とは違うものを排除せず、受け容れていこう。
●既成の概念・価値観に囚われず、創造性、論理性、多様性を大切にしよう。
●物事は、一面的にではなく、多面的にみること。自分の頭で考え、自分の考えを持つようにしよう。
●人と同じようにものを考えず、人を動かす術を覚えよう。世間一般の考えに染まらず、世の常識・意図にコントロールされず、時代を二歩も三歩も先を行く、新しい考え方を探ろう。
●何事も大儀がらず、面倒がらず、厭わず、必要があれば、地球の反対側まで行く、の精神で仕事をしていこう。
●仕事の取りかかりは早く、計画的にムダのないよう合理的に進めて、新しい発想で、顧客志向の良い仕事に、タイミングよく仕上げていこう。

●人々の痛みや感触、現場感覚、コスト意識を忘れず、
　それらを、自らの胸の中心に置いて、仕事をしていこう。

等々であった。

これらの標語については、県庁改革プロジェクトチーム内での議論を経て、冊子としてまとめられ、県庁職員一人ひとりに配布された。

そして、職場の会議などで意識改革の重要性が議論され、私的な集まりなどでも話し合われることが多くなり、県庁職員の意識、職場環境・文化を変えていく、一つの契機となったのであった。

二

新しい年が明けてしばらく経った頃、絵里子から矢吹に電話が入った。

「先日、東京にいる娘のところに行っていたら、クラスメートの大崎君が亡くなったと聞いたので、葬儀に行ってきました。

高校時代以来の再会が、死に顔との再会になってしまいました。

とっても悲しかったです……」

「ああ、そうですか……。

それは、とても気の毒というか、残念ですね。

大崎は、東京で舞台監督をやっていて、前衛的で期待されていると、聞いていたけどね
……」

「仕事が大変だったようですね……。

でも、人はいつか、人生を終えてしまうんですね……。

また、みんなと会って、一緒に楽しい時を過ごしたいです」

「ただ、冥福を祈るしかないですね……。

でも、知らせてくれて、ありがとう。

また、みんなと会えたら、いいですね……」

ああ、まだ五十代半ばなのに、あの世に旅立ってしまうなんて……。

矢吹は、その想いにとらわれていたのだった。

矢吹は、高校の恩師斎藤先生が、二十年ほど前に定年前で亡くなってから、開かれていないクラス会を、開催したいと思うようになった。

手元に残っていた住所録などをもとに、案内を出したら、十三人から出席の返信があり、八月に北陽市駅前通りのホテルで、クラス会が開かれることになった。

「皆さん、突然の御案内で驚いたことと思います……。

今年、大崎君が亡くなったこともあり、生きているうちにみんなとまた、楽しい時を過ごしたいと思い、案内させていただきました。

今回のやりとりで、柴谷君など少なくともクラスの四人が、亡くなっていることが分かりました……。

とても残念ですが、今日は彼らの分も、楽しく過ごせたらと思っています。

また、これを機に、クラス会をこれからも開いていけたらな、と思っています」

矢吹の挨拶のあと、絵里子が
「ありがとう、矢吹君。

クラス会を復活させてくれて……」と言うと、真紀が
「これから、また、みんなと会えると思うだけで、人生の楽しみができたわ」と言うのだった。

「矢吹君、県庁でもがんばっているようね……。

アメリカ留学の成果が出せたようですね」と、晃子が言うので、

「ありがとう……。皆と過ごした日々が、ずっと自分を支えてきてくれた、と思っているよ」と、矢吹は応えるのだった。

「矢吹、今回はご苦労さん、とってもうれしいよ。高校時代は、楽しい思い出でいっぱいだしね……。また、あの時、矢吹に励まされて、良い人生を送ることができたしね。ありがとうね……」と、重徳が言うと、

「人生は、一回しかないからね……。遠い昔、同じクラスでともに学び、時を経て再会し、今日こうして語り合うのも、人生においては唯一、一回のことだからね……。一度はあっても、同じように二度はないからね。さあ、今日は、一期一会の楽しい時を過ごしましょう」と、裕文が言うのだった。

会は盛り上がり、二次会にはカラオケに行き、高校の頃に流行ったフォークソングなどを熱唱して、楽しい時間を一緒に過ごしたのだった。

三

二〇一一年の年が明けて、舟木が佳子を亡くしてから、十五年の歳月が流れようとしていた。

また、大牧瀬町で暮らしていた母の朋恵が、博之と聡子に看取られて往生してから、三年が経っていた。

北奥県では、中国やロシアなどの都市との定期航空路線が就航していた。

舟木の会社は、地場の特産品の輸出を進めるとともに、中国に進出した日本企業が、現地で生産した工業製品等の輸入に、事業展開の活路を見い出していた。

娘の聡子は、母の遺志を受け継ぐかのように、医学の道を志して、大学受験の勉強に励んでいた。

北奥県では、知事選の年を迎えていたが、河村知事が五期目に向けて出馬すると表明したため、多選の弊害についての議論がなされていた。

特に産業界では、県庁内に改革の動きはあるものの、知事の多選により県庁人事や政策が停滞マンネリ化し、時代を先取りするような、新しい発想や施策がなかなか出てこなくなる、との声が広く聞かれるようになっていた。

ある日、舟木は、県庁横の通り沿いにある建物の二階の喫茶店で、コーヒーを飲みながら、道沿いの並木を眺めていた。

そして、ふと、はるか昔に佳子と二人で歩いた光景が、よみがえってきていた。

ああ、あれから……、三十七年以上の歳月が、流れていってしまったんだね……。

舟木は、ただ、その想いに浸っていたのだった。


舟木は、六月に予定されている知事選挙に、出馬することを決意した。

今後の会社経営にもいろいろと課題はあったが、これまで生きてきた遠い道のりを振り返った時、舟木にはまだ一つやり残したこと、今の自分でなければできないことがある、と確信したからであった。

舟木の知事選出馬の話を聞いた、娘の聡子は言うのだった。

「お父さん、大丈夫……？

でも、お父さんには、合ってるかもね」

「ありがとう、光栄だね……」

舟木には、それがどこか、遠い昔に聞いたことがあるセリフのように、響いていたのであった。

舟木は、数日間かかって、知事選の政策綱領をまとめ上げた。
主なポイントは、次のようなものであった。

一　県政の目標について

より良き北奥県社会の実現、公益の更なる増進のため、県民の様々な意見を広く聞いて政策創りを進め、農林水産業をはじめ地域産業、ビジネス分野等において、長期的な視点に立った、先進的できめ細やかな施策を実施していく。

また、県財政の健全化のため、財政運営基本条例の制定を目指していく。

二　職員の働き方について

施策の実施にあたって、県庁職員一人ひとりが、常に改革意識を持ち、より良い仕事、生産性の高い仕事をしていく、職場環境を創っていく。

三　県庁の組織改革について

県庁組織の構成、運営においては、様々な新しい発想やアイディアが取り入れられ、施策がより速く効果的に実施されるよう、スリムで重複のないものに改革していく。

四

四月に入り、聡子は、北奥県にある国立大学の医学部に入学し、医師になるための勉強を始めていた。

大学の授業は、まだ基礎的な講座が中心だったが、同じような思いを持つ学生とも友だちになり、毎日が充実した学生生活を送り始めていた。

「聡子さんは、どうして医者になりたいんですか？」

「私がまだ小さいころ、看護師だった母が白血病で亡くなったんです……。

そういうこともあり、できれば、世の中の病気で苦しんでいる人たちを、少しでも助けたいと思うようになり、医師を志望したんです」

「ああ、そうだったんですか……。

それじゃ、これから良い医師になれるように、お互いにがんばりましょうね」

「ありがとう。

同志ができてうれしいわ……。

これから、よろしくお願いします」

そのような会話を交わしながら、聡子たちは、授業に向かっていたのだった。

舟木は、知事選挙の運動を始めていて、業界の様々な会合に顔を出しては、自分の目標とする県政について、率直に述べていた。

「私は、今回、北奥県知事選挙に立候補した、舟木博之と申します。

若い頃は、人生の意味を求め、また世界のことが知りたくて、ロシアやヨーロッパを放浪したりもしました。

その後、自分の力を試したいと思い、また、地域の振興に少しでも役に立てればと思い、地元北奥県で貿易会社を起ち上げて、今日に至っています。

そして、人生も五十代半ばになり、いろいろと悲しい別れや、試練も多くありましたが、これまで生きてきた遠い道のりを振り返った時、自分にはまだやり残したこと、今の自分でなければできないことがあると思い、今回、知事選に立候補しました。

我らの世代が、これまで生きてきて学んだこと、その経験を、これからの世代が生きていくための、良き世の中づくりのために、活かしてからでないと、死ねないなと思っているからです。

私の政策綱領は、お手元にお渡ししてありますが、目標は、より良き北奥県社会の実現、公益の更なる増進、そのためにできることは最大限に行う、ということに尽きるものであります。

当選の暁には、百日で県庁を変え、二百日で北奥県を動かし始めるを目標に、知事の仕事をしていきたいと考えています……」

舟木のスピーチには、何か聞き手を引き付ける、強いものがあったようであった。

選挙戦の終盤には、注目度は現職をはるかに上回り、県民の熱い思いが投影されたかのように、舟木は知事に当選したのであった。

五

舟木が知事の仕事を始めてから、半月ほど経った頃、矢吹は知事室に向かっていた。

「舟木知事、がんばっているようだね。

遅くなったが、おめでとう。

真子からも、おめでとう、がんばって、と伝言があったので、お伝えします。

僕も、県職員として、できるだけのことはやったので、あとは舟木知事に期待して、県庁を退職しようと思っている……。

地方の街で、将来の地域を担っていく人材育成の拠点として、国際交流・国際研究のメッカを目指して、国際大学の設立に関わりたいと思っているのでね……」

「ああ、そうか……。

県庁で、一緒に仕事ができなくて、残念だけどね……。

でも、決意は固いようだね。

大変だろうけど、俊一、これからお互いそれぞれの道で、がんばろうね」

二人は、そのような会話を交わして、お互いの将来の夢を語り合っていたのだった。

そして、矢吹は、北奥県に秋風が吹き始めた頃、長年勤めた県庁を去って行った。


やがて一年が経ち、北奥県庁は、県民に開かれた、分かり易い県庁と言われるようになっていた。

職員の間では、活発な議論が広く行われ、再チャレンジ人材の登用や財政運営基本条例の制定、地域県民局の廃止など、新たな施策が次々と実施されて、より良き北奥県社会の実現に向かって、動き出していた。

舟木は、様々な意見を広く聞きながら、長期的・大局的な観点から、先駆的で最良の施策を判断できる、穏やかで懐の深い知事として、県民、そして職員の間からも評価されるようになっていた。

また、知事職は、自ら二期までと心に決めていた。

公益の増進に関わる公の仕事が、停滞マンネリ化したり、県人事などが縁故化しないよう、また、新たな人材の登場や、県行政の新展開の妨げとならないよう、自ら期限を定めて、知事の仕事をすることにしていた。

常に、現場感覚を持ち、既存の考えに囚われず、人を中心に置いた、より良き社会創りを、積極的に最小のコストで進めていくことを、舟木は、座右の銘としていた。

その後、舟木は、ロシア放浪やこれまでの事業の経験、地方銀行頭取からの進言もあり、ロシアのシベリア地方の州と姉妹交流協定を締結し、新たな国際交流関係をスタートさせた。

北東アジア地域の様々な人々や文化に直接触れ吸収し、北奥県社会が更なる深化を遂げていくことを、目標としてのことだった。

そして、かつて、ともに働き語り合ったウラジーミルとも、三十数年ぶりで再会したのだった。

六

矢吹は、退職後、牧瀬の浜近くの古民家を改装した海の家で過ごしたり、何年か前に大工に頼んで、里山の土地に建ててもらった山荘で、真子たちと炭火焼などをしたり、一人の時は書き物などをして、過ごす日々が多くなっていた。

秋のある日、中学の頃の友、恵美子や明子たちが、はるばる遠くから山荘を訪ねて来ていた。

なつかしく、とても嬉しくて会話が弾んでいた。

「俊一、自然が豊かで、とってもいいところね……。

こうして話していると、昔がなつかしいわね。

もし、昔にもどれるとしたら、いつの時代にもどりたい？」

「そうだね、大体それなりに、精一杯生きてきたからね……。

特に、もどりたい時代は、ないような気がする」

「私はね、できたら高校時代あたりにもどって、もっといっぱい勉強したいの……」

矢吹は、恵美子のその素直な言葉に、思わず感心し感動を覚えていた。

ある日の早朝、滝彦が亡くなったという知らせが入った。

滝彦は、子供の頃からの夢がかない、地方の芸人として、舞台劇や一人芝居、司会業などをやっていて、矢吹も、郵政職員だった慶一などと見に行ったり、その後で一緒に食事をしたりしていた。

自宅で倒れ、八カ月におよぶ闘病の末のことだった……。

矢吹は、慶一たちと、滝彦の自宅での偲ぶ会に来ていた。

ビデオがながされ、名の売れた芸人との舞台でのかけ合いで、

「この、ツボケこの（この、馬鹿者この）……」が、迫真の演技だった。

……、これから俺の分も生きてくれよ……、そう言っているような、滝彦の早過ぎる死に、成美たち友は涙ぐんでいた。

矢吹は、大牧瀬町に国際カレッジ設立の企画を、提案していた。

しばらく経って、企画が受け入れられ、設立準備委員会に委員として加わり、大牧瀬国際カレッジが設立されたのだった。

統廃合で使われなくなった小学校校舎を利活用し、本部棟、講義室、図書館としていて、学生数は二、三百名程度から出発し、地域の若者をはじめ、海外からの留学生や教授陣を

広く受け入れて、授業は日本語又は英語で行う、というものであった。

そして、県内外から優秀な学生が入学してくるようになり、教育レベルが高いと、次第に評価されるようになっていった。


また、矢吹は、公務員退職前に宅地建物取引士の資格を取っていたが、会社法を勉強して定款などをつくり、資本金十万円の株式会社を起ち上げていた。

自然と調和した住まい方、豊かに暮らせる地域づくりの推進に寄与したいと考え、故郷がこれからも、牧場と海の瀬の美しいところであってほしい、という思いも込めて、会社名を、エコリゾート　マキセと名付けていた。

会社の事業目的は、エコ産業等の推進に関する事業、地域の魅力創出等の提案に関する事業、地域への移住・定住の促進に関する事業、里山再生・雑木林の保全活用に関する事業、古民家再生・空家利活用等に関する事業、世代を超えた相互サポートの企画実施に関する事業など、二十項目近くあった。

矢吹は、これから長い時間をかけて、これらに取り組んでいきたいと考え、様々な場所でいろんな人と意見を交わして、日々歩んでいったのであった。

最終章　懐かしき日々

一

あれから、三十数年が経っていた……。

矢吹は、この頃、暖かな陽だまりや、木漏れ日の中で本を読んでいると、ついウトウトすることが多くなった。

ふと目を上げると、懐かしい顔がこちらを見て、微笑んでいる……。

「おおー、慶一、慶一ではないか。しばらくだったのー。

でも、慶一、十何年か前に落語をやっていて、その最中に心臓マヒで死んだんでながったが？……。

でも、とにかく会えてうれしいよ。どうしてた、元気だったが？」

慶一は、何かを言おうと口を動かしていたが、言葉にならず、やがて諦めた様子で、ただ微笑んでいるだけだった……。

やがて、矢吹は眠りからさめ、少し長く眠っていたんだな、と思うのだった。

ある日のこと、矢吹が、かつての仲間たちに声をかけたら、何人かが矢吹の山荘に集まって来て、食べて一杯やりながら、語り合うことになった。

「最近、昔のことを想う日が、多くなったね……。

父や母、おばあちゃんたち、あの頃の若げ者たちのことも、よく想い出すね。

若い時の友だちとは、あれから逢ってない人が、ほとんどだけどね……」

「そうだね……。

生きてるうちに、新しいツナガリのほかに、いろんなシガラミができて、考えが固まってしまうんだね。

逢うは、永遠の別れの始まり、なのかも知れないね……」

「遠い昔のことだからかな、多くの仲間に囲まれて、楽しく過ごした日々だったと思うね。

記憶の中で、一緒に生きてきてくれたんだね……。

あれから皆、幸せな人生を送っていった……、と祈りも込めて想うことがあるよ。

この世に生まれ、あのような素晴らしい友たちとめぐり会い、かけがえのない時を持てたことが、今の自分の最高の幸せだね」

「これからの人生、どう生きていこうか、と思うことない？……。

自分は、できたら、友たちといつも冗談を言って笑って、過ぎたことは忘れて仲良くしていきたいね。

そしてまた、何か新しいこと、未知のことをしながら、前向きに、希望を持って生きていけたらと思っている……」

「ああ、実に、プラス思考の考え方だね……」

「アラ・ハン時代も終わり、今やアラ・ハンテン、人生百十年時代と言うことだけれど、中には、結構早死にする人も多いね……」

「そうだね……。

多くの才能のある人たちが、早く亡くなって、逝ってしまった、という感じだね。

自分はよく、何々さん、あなたの分も長生きして、年金も貰わせていただきますからね……、と言ってることがあるけどね」

「皆さん、休日などには、十分リフレッシュして、体力・精神力をパワーアップしましょうね……。晩酌は一合程度にして、薬酒として飲みましょう。

そして、身体に良いものを食べて、ストレッチ、屈伸、柔軟体操、～ながら運動、小作業、頭の体操を日課にして、健康で長生きしないとね」

「何事も、大儀がらず、面倒がらず、いとわずにね……。

必要があれば、世界の果てまで行くの気持ちで、時にはロングショットで、毎日を生きていきましょう」

「お互い、あまり根を詰めすぎないようにね……。

人生を、生活を、スローに楽しみましょう。

そして、日課表を作って、半日ほどは、何かに打ち込みましょう。

未知の勉強もしましょう……。

また、機会があれば、一芝居打って良い仕事をする、ぐらいの気持ちは、まだあったほうがいいね」

「無知の知、ソクラテスの弁明から、二千四百五十年……。

我々は、まだ無知で、賢くなく、いくら弁明しても、良く生きるのが難しいことが多いね」

「この世の荒野の旅人として、希望をすてず、あきらめず、正直に、生きていきましょう。

名誉や名ではなく、人は生きて、良き世の中を残す、でいきましょうね」

集まった仲間たちは、懐かしい顔を見るとそれぞれに、自分が日頃思っていることを、語り始めていた。

二

矢吹は、山荘の囲炉裏で炭をおこして、ホタテやアワビ、肉などを焼いて、皆に食べさせながら、

「あの頃、首都機能の移転とか、地方分権の推進など、調和のとれた日本の将来像が、いろいろと議論されていたけれどね……。

あれから、地方分権は全く進展せず、遂に、道州制にもならなかったね」と言った。

「そうだね、東京一極集中が益々進み、人口減少もあって、日本人の大多数が、大都会の片隅で暮らすようになってしまったね……。

日本人の価値観自体が、東京中心の価値観になってしまい、より良い北奥県社会の実現が、あれから段々と遠ざかっていった、そんな年月になってしまったね……」

舟木が、何ともし難いというふうに、応えるのだった。

かつて、アメリカに留学していた矢吹を、訪ねたことのある立崎は、定年退職を機に、

首都圏から北奥県の海沿いの町に移住してきていた。

アメリカで見た風景と、何か重なり合うところがある北奥県が気に入り、移り住んできたのであった。

海と山が見える自然に囲まれた余裕のある土地で、季節の移り変わりを身近に感じながら、これまであったことなどを想い、家族の歴史などを書いたりしながら、スローな日々を楽しんできていた。

「こちらに来た頃と、あまり変わっていないんだが、こんなに素晴らしい環境、自然の財産がありながら、それを活かしていこうという考えが、少し乏しかったと思うね……。

コンパクトシティや市街化調整区域で規制し、移住者が来てゆったりと暮らせる土地や場所が少なく、街中にだけ人を集めようとして、逆に人口がどんどん減ってしまったね」

そう言う立崎に、矢吹は
「そのとおりだね……。

本県は、北にありながら気候が割合に温暖で、昔から、北の湘南と呼ばれているところが多かったけどね……。

海沿いなどに、海水浴場や住居地など、もっと人が集まり楽しめて、ゆったりと暮らせる場所を用意すべきだったね。

そういう発想が、なかなか出てこなかったのは、我ら地方の人間の意識自体が、貧困だったということだね」と言うのだった。

中学時代、勉強とスポーツの両立に励んでいた明弘は、工業高校卒業後大手の大芝電機に就職し、電子機器の開発に携わり、定年退職から五年後に、故郷大牧瀬町に帰り、エコライフを楽しんでいたが、数年前に妻の紀子に先立たれていた。

「ところで前に、新聞か何かで読んだんだが、県で物品を買い納入する際に、職員二人が立ち合い、検査を行うということだが、民間からすれば、無駄な制度としか思えないんだがね」

明弘が、そう言うと、

「確かにそうだね……。

だいぶ昔に、県の財務事務執行で、物品の納入検査がお手盛りでなされていた、という不祥事があってね。

それ以来、物品の納入検査は職員二人で行う、という制度になったんだね。

高い給料を貰っている公務員が、二人で一人前、一人半人前じゃ、話にならないという意見もあったが、そのままできているんだね。

五十年後、百年後の人から見たら、何ともナンセンスに見えるルールが、まだまだ多いと思うね」

かつて県庁改革プロジェクトチームにいた桐原が、そう応えるのだった。

「だいぶ前に、矢吹が書いた回顧録ふうの小説、戦後世代の一つの生き方の例として、これからの世代の人たちも、読んでいってくれたらいいと思うね」

舟木がそう言うので、

「公務員を長くやっていて、留学時代の恩師との約束もあったので、あのような小説になってしまったけどね……。でも、我らの生きた時代、何を考え、どう生きたのか、失敗も含めて、ストーリーとして、書き記しておきたいという思いは、若い頃からずっとあったね」と、矢吹は応えるのだった。

三

県庁時代に矢吹と同期で、舟木とも一緒に仕事をしたことがある若松が

「日本の政治では、憲法改正や自主憲法制定など、政権与党がよく言っていたが、遂に今まで憲法改正などはなかったね……。

また、韓国と北朝鮮との統一はならず、ロシアとの領土問題も解決せず、中国などとの関係も改善せず、ぎすぎすしたままだしね」と言うのに対し、

「日本国憲法を、あれは押し付け憲法だ、自主憲法でないと駄目だという人が、今でもいるが、世界の憲法の中でも、最も完成度の高いものの一つだと思うね。

平和の大切さや、基本的人権の尊重、国民主権の原理などを、永く日本人に教え育ててくれたと思うね。

我らが、生きる道、価値の喪失に喘いでいた時代に頂いた、最良のプレゼントとしか言いようがないね。

侵略戦争を推し進めた大日本帝国憲法のほかに、日本国憲法よりもベターな自主憲法草案も、我らは書けなかった。

日本国憲法を書き上げた人々に対し、良い仕事をしてくれたと感謝こそすれ、否定する何物も我らは持たないね。

先の太平洋戦争が終わってから、もう百年経ってしまったね……。

近隣諸国との外交関係については、かつて新渡戸稲造が、他国の領土をかすめ取るよう

なことは、憂国でも愛国でもないと言ってたね。

日本が明治以来してきたこと、アジア各地に進出し、力がないのが悪いとのもとに、領土を奪い取り植民地化し、多くの罪のない人々を苦しめ、犠牲にした結果、あのような悲惨な歴史になってしまったことを、忘れてはならないね。

そのことを真に深く反省し、悪かったと言い、二度とあのような馬鹿な真似はしないと誓い、行動し続けることが大事だと思うね」と、舟木が応えるのだった。

「それにしても、これからの日本はどうなるのかね……。

あれから、赤字財政をそのまま続け、発行した国債などが益々膨れ上がり、今では利子の支払額が、国税収入の三分の一を超えてしまったね……。

プライマリーバランス、基礎的財政収支という虚偽的な考えをそのままにし、収支が釣り合った状態でも、利子支払額分が借金残高にプラスされていくという状況を、そのまま続けてきたからね。

国債や証券が、紙切れ同然になり、銀行が潰れ預金がゼロになる日も、そう遠くはないかも知れないね。

悪い状況に直面し、それを認識しても、事なかれ主義、何とかなるだろう、みんなで行ったら怖くない、神風が吹くだろう精神で、問題を先送りにする国民性はどうしようもないね。

かつて、大日本帝国が、西欧の植民地主義を真似て、朝鮮、満洲、中国を侵略支配し、その結果、太平洋戦争で三百万人以上の日本人が、亡くなってしまったという歴史を持っているのに、今もまだ、問題の先送りばかりしているね。

何か、良い方策はないものかね」

矢吹が、積年の問題意識を、再び思い出したかのようにそう言った。

「そうだね……。

問題先送りで、自然災害にも脆弱な社会基盤、生活空間になってしまったしね。

安易な方向に走り続け、消費税率も、ついに二十%になってしまったね……。

日本という社会においては、常に誰かが、それはおかしい、それで良いのかと、長期的な視点、論理的な観点から言い続け、行動し続けなければならないと思うね。

日本のあるべき姿を念頭に置いた改革、例えば、日本の人口規模からすれば、国会議員数は半分で十分だし、国と地方の機能や権限をもっとクリアにし、組織のスリム化を図るなど、立法、行政、司法の改革を徹底すべきだったね。

法制度や税制などをはじめ、日本社会には、物事をシンプルに分かり易くして、コストの縮減も図っていく、という発想がなかったね。

複雑にすること自体を仕事だと思い込み、その全体像、波及していく事態や、それに伴うコスト、そうする合理的な根拠などを、考えてこなかったことが、今日のような状況を招いてしまったと言えるね。

前例踏襲だけで行っている仕事、公務上の意味のない儀礼や儀式は、常にそのコストを考え、しないようにしていかないとね。

かつて、新型コロナウイルス問題への対応では、検査体制を速やかに調えての、科学的・合理的な現状分析、累計ではなく、例えば、現時点で、日本で推定一万二千人が感染していて、平均一万人に一人がウイルス菌を持っている、というような現状把握がなかったね。

検査を徹底し、三つの感染シーン、飛沫感染、接触感染、閉じられた空間での空気感染をクリアに意識し、それを避けて防御するということを徹底しないで、ただパニック的な認識により、過剰反応し、やってましたとばかりに、保身的・パフォーマンス的な緊急事態宣言での施策、外出自粛・休業要請などを、明白な根拠無しに展開し、言わば人災により、経済や人々の生活、そして財政に多大な損害を与えてしまったね。

濃厚接触・密集の際はマスクをし、共用部分の消毒、手洗い・うがい、換気扇など換気設備を稼働させた上で、窓・ドア開けによる建物・密閉空間の換気を徹底することで、対応できたと思うね」

舟木が、何かやり残したことでもあったかのように、そう言うのだった。

「地方や国の財政運営については、基本は均衡財政として、累積債務は極力減らしていく、というスタンスを常に持ち続けることが大事だね。

少し具体的に言えば、歳出の公債費について、利子支払額分と債務元本返済額分が、一目で分かるように区分し、歳入における国債発行などの新たな債務は、通常は債務元本返済額以内にとどめる、ということを徹底すべきだったね。

これまで、手が付けられないほど、債務が増え続けてきたということは、これで良いのかという考えや行動、現状をクリアに理解できるような提示、行政の透明化が、なかったからということだからね……。

これから、より良き社会で、希望を持って生きていきたいなら、今からでも、現在の地方や国の財政状況を改善していく、具体的な行動を起こしていかなければならないと思うね」

かつて、県の財政課で長く勤務した若松の発言に、その通りだねという声が、そこかしこから聞こえてきていた。

四

しばらくの間、日本の行く末を案じるような議論が続いていたが、何かホッとする雰囲気の人が入ってきた。

藍川真子だった。

十数年前に、個人の尊厳や性差別解消の観点などから、夫婦別姓に関する法律が成立し、真子はもとの藍川に改姓していた……。

「皆さん、こんにちは、お久しぶりです。

でも、皆さん……、お顔色がとても良くて、お元気そうで、良かったですね。

健康が、何よりですからね」

「奥様も、今も、とても洗練された感じで、お若いですね……。

長く国連でお仕事をされていた経験が、何かオーラのような雰囲気を、かもし出しているようですね……」

立崎が、何か感じ入ったような様子で、そう言うのだった。

「ありがとう。

九十歳になるのに、そう言っていただいて、うれしいわ……。

こちらに帰ってから、国際交流などを通じて、地域の国際化のために、少しは役に立てたかな、と思っています。

あの頃から世界は随分と変わりましたね……。

地球温暖化で災害が益々増え、世界の人口も、私たちが若い頃の倍、九十億人を超えてしまいましたね。

でも、人種差別など、変わっていない問題もあるけどね……。

白人と黒人のハーフなのに、黒人候補という呼び方、意識をまず変えていかないとね」

「真子とは、運命だと思い結婚したけれど、あっという間に、五十年が過ぎたという感じだね……」

「そうね、楽しいことも、いっぱいあったけど、何か、とっても速かったわね……。

ああ、ところで、博之、聡ちゃん、今どうしています？」

「聡子は、結婚してからも、弘館市にある病院で、ずっと医者として働いているよ。

娘と息子、二人の子供もだいぶ大きくなってね……。

あと何年かすれば、それぞれ独り立ちして、手がかからなくなると思うね」

「良かったわね。

お母さんとは、二、三回しか会えなかったけどね……。

聡ちゃんが、お母さんの分も長生きして、幸せになってくれたらいいわね」

「ありがとう、そう言ってくれて……。

幼なじみとして、とてもうれしいよ」

舟木は、何か胸に溢れてくる思いに、しばらく浸っていた。

五

「昔々のことだけれど……、小学校の時の読書感想文発表会での真子の発表、良かったね」

「ありがとう、まだ、憶えていてくれて……」

「人から金を借りて、返さないことは、人として良くないことだと、言ってたね……。

今でも、金を借りて返さなかったり、人をだまし詐欺をして金を取ったりの、生きるための悪い習性を、遺伝子のように持っている人も多いね……。

良い人生を送るため、良い世の中づくりのために、そのようなことは直ぐにでも、直していかないとね。

借りたものは必ず返す、ということを、人も、国も、肝に銘じないとね」

舟木がそう言うと、矢吹が
「そうだね……。

大学の頃、アルバイトで貯めていた金を貸して、その後相手が姿を消して、返してもらえなかったけどね……。

あれから、どんな人生を歩んだんだろうか……、自分が甘かったから、彼の人生も変えてしまったんだな……。

生きているなら、今でも現れて、あの時は悪かったと、一言謝ってくれたら、赦せるのに……、そう思うことがあるよ」と言うのだった。

「皆さん、いろいろなことが、あったと思いますね……。

これまでの人生で、何か思い出深いことがあったら、お聞きしたいですね」

真子が、そう言うと、

「そうだね……、若い頃ロシアなどを放浪していて、いろんな人と出会えて、世界のあちこちでの生活を、体験できたことかな……。

ベートーヴェンではないけれど、あの頃、人類は皆兄弟であると思えたことが、一番の成果だったかも知れないね……。

あれから、姉妹交流事業でロシアに行ったときに、あの頃の友とも、再会できたしね」

と、舟木が言うのだった。

また、明弘が
「中学の頃、確か真子の提案で、何人かで交換日記をやっていたね……。

あの頃、いろいろな悩みや、疑問に思うことを、日記に書いて交換し、それぞれの意見を読んで考え、お互いに人間として、成長していったと思うね……。

社会人になっても、いろんな人の意見を聞いたり、広く情報を集め、いろんな可能性を探るという、何か思考のもとをつくってくれたような気がするね。

良き友たちに恵まれた日々が、とてもありがたいと、思うことがよくあるよ。

紀子とも文通を始めて、今までとは違う世界に住み始め、一緒に永く生きたいと思うようになり、結婚したけどね……」と、感慨深そうに言うと、

「明弘、良かったね、紀子と一緒になれて……。

最近思うんだけど、父の兄が、二十二歳の時に、交際していた人を残して、特攻隊で出撃する前に、姉に手紙で、自分は、なぜ今死ななければならないのか、わからない、と言ってたそうでね。

これからの世の中、若者にこのようなことが二度と起こらないように、していかないとね……」と、真子が言うのだった。

「二十代で英語をマスターしたい、と思っていたこともあり、アメリカに留学したんだけどね……。

その頃、よく食事に呼んでくれた韓国人の方がいてね。

退職しアメリカで生活していたんだが、日本統治時代の国民学校では、同化政策のもと朝鮮文化は否定され、日本語だけの教育だったそうだが、よく声をかけてくれた。

君は、これからだからね、と夫妻で励ましてくれたんだ……。

そして、帰国前にお別れのあいさつに行ったら、これでもう君と会えないね、と言って言葉を詰まらせていた……。

あれから六十数年が経ってしまったけど、今でも時々、感謝と会いたい気持ちで、胸がいっぱいになることがあるよ……」

遠い昔の日々を想う矢吹の発言に、その場にいた仲間たちは、それぞれ懐かしい日々の想いを重ね浸っていたのだった……。

「我々が、この山荘で語り合ってから、数カ月が経ったある日のこと、日本が今や財政破綻の危機にあるというニュースが、世界を駆け巡っていた……。

と、そのようなことにならないよう、祈るだけだね。

ルソーは、フランス革命を見ずして死んだが、我らは、そのような事態だけは、見ないで生きたいね……。

そして、日本のこの美しい風土と、そこに住む人々の豊かな心づかい、思いやりや良きマナーが、永く続いていくことを願いたいね」

との舟木の発言に続いて、

「ああ、そうですね……。

これから、未来の子たちが、昇る朝日とともに、はずむ気持ちで目ざめ、自由にそして楽しく日々を過ごし、夢と希望を持って生きていけるよう、良き世の中を残していかないとね……」

藍川真子がそう言うと、皆がただ頷いていたのであった。

山本　克彦（やまもと　かつひこ）

1955年青森県深浦町生まれ。イリノイ州立大学政治学部大学院修士課程を卒業。1985年青森県職員となり、2016年定年退職。現在、青森県、北海道で豊かな自然に囲まれて、執筆活動などをしながら、セカンドライフを過ごしている。

遥かな旅路

2020年11月28日　初版第1刷発行

著　者　山本克彦
発行者　中田典昭
発行所　東京図書出版
発行発売　株式会社 リフレ出版
〒113-0021　東京都文京区本駒込 3-10-4
電話 (03)3823-9171　FAX 0120-41-8080
印　刷　株式会社 ブレイン

ISBN978-4-86641-361-7 C0093
Printed in Japan 2020